| 乔姆斯基 作品系列 |

未经同意的同意

随笔与讲演，1969—2013

[美] 诺姆·乔姆斯基

李钧鹏 周文星 王人力 谢诗檀 译

上海译文出版社

然而,封建法制凭一切强制力量所办不到的事,却由国外商业和制造业潜移默化,逐渐实现。国外商业与制造业的兴起,渐使大领主得以其土地的全部剩余产物与他物交换。由此而得的物品,于是无须与佃农和家奴共享,而完全由自己消费。完全为自己不为他人,这似乎是一切时代为主子者所遵守的可鄙格言。所以他们一发现了由自己来消费所收地租的全部价值的方法之后,他们就不愿再和别人共同享受这价值。

——亚当·斯密《国富论》[1]

目　录

前 言

马库斯·拉斯金

　　诺姆·乔姆斯基的政治活动及其对语言能力本质的理解,可以被比喻为一条名为普遍性的折不断的长带。但他的普遍性既不是意在掩盖真相、回避真理探求的故弄玄虚,也不是一切公共生活必须在所有地方如出一辙的信念。这条"乔姆斯基长带"的一面是先天性,它赐予人类语言以及随之而来的沟通的能力。再观察一下这条名为普遍性的长带;你会发现,带子上铭刻着有望促成人类良善社会目标的理性和道德行动的能力。我们甚至可以推测,人类本性蕴含了恒久不变的共情能力。我们匆忙得出结论:人不仅仅是一群不可分割但内核空洞的单细胞个体,只在偶然碰撞时发生关联;我们进一步推断:人生来就具有不可遏制的将某种原材料打造为更好的东西的冲动。我们渴望共享知识带来爱,反之亦然;我们希望权力能够惠泽这两者。或许,会出现一个充满人道的世界文明,其中普遍性并不偏向某一特定群体,而是所有人都团结一心、相互尊重。不过,再加端详,我们会发现,这条长带的边缘已经破损,需要修补。但如何修补才能让它免于碎裂? 我们用什么工具来修补裂痕? 谁又来修补这条我们置身于其中的长带?

对乔姆斯基来说,在最深层的个人意义上,语言成为修复人类裂痕的重要手段;语言结构是一种奇妙的生命特质,它稳定持久,同时又具有无限的可塑性。在这一点上,他和让-保罗·萨特的观点大相径庭。萨特认为字词和语言将我们与既有或潜在的世界相隔绝。而在乔姆斯基看来,修复和创造,无论是创造一个新的事物、新的组织结构还是其他,都有两条路径。一是口头和书面的字词,这是我们生来就有的能力。二是示范性的语言,其中一般性命题,比如爱和共情,经由生活体验在行动中阐明。在政治领域,身体和心灵是修复其自身的工具。

对不经意的观察者来说,乔姆斯基似乎主张,一方面,科学和分析是存在的;另一方面,那些我们所珍视的、通过不同的社会手段所倡导的被渴望的价值观,也是存在的。在这个世界中,身体被分割成互不相连的范畴,心智与心灵、思维与洞察,这些都和情感与感觉割裂开来。这岂不正是现代学术体制有意为之的产物,以确保正确和体面,确保一个又一个的黄金谎言,确保自我与客体的距离以及相应的被扭曲的客观性,由此保护科学家及其研究,却有意忽视了部分之间的有机融合与完整性?

如果乔姆斯基的学界同行以为他会服服帖帖地认可这个想法——若一个人要有责任感地度过一生,那么理性就是思考、激情与政治承诺之间的分界线,他们定会大吃一惊。这位杰出的理性主义者通过他的行动和研究表明,知识分子的基本关切必须是"道破真相,戳穿谎言"。[1]在他看来,政治领域的基本关切是将知识、权力和爱整合为法律与价值的根基。换言之,在行使责任时,理想的知识分子应该借助自己的理性,以勇气和正直戳穿谎言、道破真相。在一个矫饰和自欺的社会中,超出限定的狭隘社会角色的人类责任感可能会让一个人孤独前行。作为爱智者，乔姆斯基明白并坦承，他服务于全人类的关切可能会在政治思想和评论界处处碰壁，因为在这里完全没有真话，甚至连对诚实的尝试也没有。

当责任感在行动中被界定为效劳主人时，我们不难发现它服务于什么以及服务于谁的利益。周日早上打开电视，你会发现评论员几乎对说真话没有任何兴趣，他们节目的资助者是农业综合企业与电力公司。责任感变成了奴性。对新闻界和政界的许多人来说，连他们自己也未必知道自己为什么这么做以及这样做所产生的后果。周日早新闻的编排让埃克森公司和某个国家机器"指导"记者与听众。这给和平的宪政民主带来了可怕的后果。在乔姆斯基的《论权力与意识形态》中，曾出任大使的专栏作家威廉·香农断言，美国本是一片好心，最终却支持军事独裁政权——他可能忘了，每个人都只会说自己是一片好心。[2]纵观历史，美国领导人从不回避以高姿态的话语解释美国在亚洲、非洲、中东和拉丁美洲的角色这一责任。政治作为一种手段，告诉我们如何安排和使用日常生活的镜像。它搭建起框架，将文化和经验中的"应然"转化为"实然"。正由于此，在做出选择和承担责任的意义上，实际行动决定了人类历史的进程。

这正是乔姆斯基的分析和实际行动如此重要的原因。它们是未来动向的风向标。他的雄心和投入来自对激情、直觉以及对他人的坚定责任感的谨慎支配。而这正是我所说的"站在一起"或"同在"。但"同在"不仅仅是告知他人。"同在"使我们超越了个人利益，在没有"实用"理由的情况下承担他人的风险。"同在"是一种帮助我们理解我们在哪、我们是谁的认识工具，因为它通过他人来定位我们自己，并通过他人重新的自我定位和自我安排的实例来发问。拉尔夫·沃尔多·爱默生曾经问正在抗议人头税的亨利·戴维·梭罗:"亨利,你为什么在这里?"梭罗答道:"沃尔多,你为什么不在这里?"[3]若非出于公民的责任感,乔姆斯基无需在越老柬抗法战争期间参与公民不服从运动。他以此表示自己对于看不见的*他者*负有同在责任。我们的政府无法为几百万人的苦难负责;政策的制定者是罪魁祸首。倘若乔姆斯基的识别力和雄心更具感染力,这会是人类可能的救赎与希望。这意味着认可摒弃合法性之色彩的国际民权法,终结从种族灭绝到酷刑的现实政治。这意味着终结美国的军事与经济帝国主义;意味着在那场战争中,上百万人的生命本可能被挽救。这意味着在过去数十年间,二十五万危地马拉人本不会在美国不那么沉默的许可的情况下丧命。[4]这意味着美国不会向横扫第三世界的"稳定压迫"提供武器和政治支持。[5]

在乔姆斯基的世界里,知识分子必须将才华和心智用于对事物原貌的切实描述和敏锐分析,因此,个人选择变得显而易见、不可避免。在乔姆斯基看来,探究是鼓励受压迫者自由行事的工具。探究意味着在看待社会关系和事件时,摘掉密切关联的大学、公司、基金会和媒体所精心提供的不透明眼镜。对于知识分子来说,理性探究"试图提炼出某些具有解释力的法则……希望至少能以此解释主要的影响"。[6]这意味着分析美国如何运用其明显占主导地位的全球实力,以及其目的何在。[7]由于信息的相对开放性,美国在世界上的角色可以得到较为准确的分析、阐明和理解。

但乔姆斯基认为,这只是故事的一半。对他来说,问题变为"知识分子和公民如何在帝国主宰的世界里生活?"此刻的选择对勇气提出了要求——要求反驳那些放弃了批判性才能并内化了等级制度价值观以至于自己都经常浑然不觉的体制内主流知识分子。包括笔者在内，虽然乔姆斯基和其他人可能会鄙视亨利·基辛格这类御用知识分子的角色，因为这些人谋划统治阶级的想法和利益，给他们带来了更多的安全感，但我们还必须谴责积极炮制这种御用知识分子的教育与奖励系统。捏造谎言是国家机器中的智力仆从的工具；他们为强权涂脂抹粉。这种捏造也适用于实施和协调国家与经济强权的制度和"规训"。

如此一来，一些知识分子和教授对于实事求是、不受操控的探究兴趣冷淡，乔姆斯基对此并不奇怪。这种探究会带来个人风险，影响自己的名声，并与掌权者发生冲突。但知识分子到底要承担多大的风险？毕竟，这个以国家安全为指导原则的国家是打着宪政民主的旗号的，只要这个旗号没碍着权力。对中产阶级的这些人来说，美国在其国界内不是一个极权国家。那些持相反或怀疑立场的人无需担忧自身安危。这也许是乔姆斯基对许多知识分子不屑一顾的原因。他们确实不会因立场有别于御用知识分子而承受什么风险。

当乔姆斯基在《知识分子的责任》[8]中讨论小阿瑟·施莱辛格为何替肯尼迪政府说谎并随后在学术界获聘某大学杰出讲席教授时，他是作为痛恨欺骗与懦弱的杰出学者而发声的。他鄙视为了保有一官半职而损害学术诚实的重要性和价值的知识分子。在这种意义上，乔姆斯基在知识分子不讲真话时挑战他们的特权。在乔姆斯基眼中，知识分子的重要性自古以来就在于他们孑然独立于权贵之外。理性使我们得以揭开社会建构的神秘面纱，发现一些明朗可辨的信息，用以理解世界并展开行动。正是在这里，语言的意义转化为道德行动。正是在这里，乔姆斯基选择诉诸文字与生活经验，力求做到知行合一。贯穿于本书中的每一篇文章,乔姆斯基就责任和问责制以及法定权利的意义提出了相关的道德与法律问题。确实,就道德行为而言,什么样的行为才是有责任感的呢?

乔姆斯基完全清楚领袖及其顾问的局限,他从这些人的言谈中看到了傲慢、虚伪和恶意。领袖是被选举产生的还是任命的,抑或仰仗血缘、财富优势或甚至某种程度上有利于统治精英的教育经历获取他们的职务,这都不重要。他知道,寡头们不是作为他人的受托人而统治,而是作为他们自己的受托人。他们深知,一旦民主不再仅仅是一块修辞性的遮羞布,一旦民主意味着循着亚当·斯密和汤姆·潘恩的意识形态界线对经济与政治权力进行再分配,或意味着与帝国主义一刀两断,所谓的"民主"将会土崩瓦解。反对民主的精英们与中央情报局这类机密组织的成立之间存在直接关联,这些组织掌握和从事一个民主政体不理解或支持的事情,直到该民主在宣传鼓动中灰飞烟灭。当然,美国与精英主义斗争的历史根植于美国宪法与《独立宣言》中。选举人团、秘密情报机构的建立以及每个州两名参议员的限制都体现了对人民的惧怕。

这一问题在冷战期间变得更为严重,当时美国继承并谋求帝国扩张。无论是沃尔特·李普曼的精英主义还是烟斗不离身的情报大师艾伦·杜勒斯,都认为对依靠"嵌入式"记者为其解读现实的公众而言,秘密是必要的。乔姆斯基明白在实践中具体化理念的难度,知道被提出来不等于在实践中被采纳和接受。但更为重要的是,他很清楚那些公然导向反民主的结构与政策,其中有关民主和自由的修辞是明显不良后果的自利伪装。

来自五角大楼和华尔街的全球主义帝国化是伪装成传播民主的寡头统治的例证。在经济方面,亚当·斯密的自由市场观念被用来糊弄穷国,而现实情况是这些国家受困于殖民主义和新殖民主义。更重要的是,殖民主义和新殖民主义导致了人类可能性的扭曲与堕落。既有形式的全球主义是经由技术和帝国主义组织起来的贫困化。在公司全球主义的安排下,个人的人性与政治潜力变成唯有靠恶劣的工作与生存环境提供满足的欲望。

尽管如此,乔姆斯基肯定相信,技术和通信可以融汇起来,创造一种世界文明的可能。这肯定是任教于擅长将可能变为现实的麻省理工学院的一大好处。在那里,他目睹了一系列民族国家之外的新关系,这些关系有可能在二十一世纪培育出无政府民主。它们由一张相互关联的庞大通信网络串接起来,这张网络有可能产生一种文化多元却没有民族国家负担的世界文明。在这个世界里,原则与生活方式上的差异有可能通过分析和讨论的方式来解决,人们澄清各自的立场,加深相互的理解,形成了发掘和反映人类固有的、体现在《世界人权宣言》等常见文件中的正义之心的更普遍性的原则。这些文件似乎只在大动荡之后才出现,这着实是人类的悲剧。一旦起草,这些文件就获得了政治分量。通过一种有法律依据和暴力以及非暴力行动的掺杂——例如,南非种族隔离的终结、美国民权斗争的道德力量以及第三世界反抗军事帝国主义的成功行动——它们被人重新解读。我们因追求旨在解放人类的共通且永恒的原则而对自己产生了更多了解,这些斗争也就孕育了学术态度和假定。

即使这种辩解语言是盲目的道德激情或为使用压倒性力量辩护的马基雅弗利式的机敏,它已成为后来者为了人权的发展而斗争的根基。受压迫者问道:"如果自由和正义适用于寡头,为什么不能用在我们身上?"乔姆斯基明白,法律本身具有两个方面。一是过去的政治与权力争斗,它们固化为仪式、法律和法院判决,其结论经过具体化,延伸到了未来:这些作为限制的法律时不时受到直接挑战。在这种意义上,乔姆斯基作为有良知的公民(与他的暇步士鞋和书袋一起)所从事的公民不服从运动意在重塑法律,使其不再是相互竞争且往往无需担责的强权利益或偏见以法律语言写就的共识,而成为第二种意义上的法律,成为文明所不可或缺的根基。法律和立法者需要有人推动一下,才能到达尊重自由与尊严——与乔姆斯基的政治行动相联系的概念——的层次,如此法律才能推动社会抵达其下一个自由阶段。经由重视《权利法案》《宪法》序言以及其他基础性文件的法官之手,法律有了值得称道的意图。它建立起一套仪式与话语,体现了尊严与解放的探求与行动。它力图影响意在扩展自由、抵抗压迫与战争的实践。因此,"法律至上论者"的任务是划分新的边界,将自由精神内化到这些边界内,使其不只是主日学校的说辞。它们是建立在感受到的不公和探寻之上的指南。或者用我们的比喻,它们是莫比乌斯带的线圈,也许可见,也许不可见,但可以通过我们的行动以及我们的社会与司法结构得到识别和修补。

新一代的人可能会问,启蒙运动的优点能否在这个世纪得到利用和扩充。我猜乔姆斯基会在更乐观的时刻给出肯定的答案。原因在于,人的本性具有改良、共情和积极关怀的能力。这种本性可以通过我们的理智和米哈伊尔·克鲁泡特金在二十世纪初描述过的感受——铸就迥异但非空想的制度的感受——而实现。毕竟,乔姆斯基在这些文章和他的著述中表明,我们可以在不要求彼此都是圣人的情况下找到实际路径。他告诉我们,与揭示和分析相联系的政治行动在错误与谎言的密林中清出了一条道路。乔姆斯基是这一必要意图的睿智推手。他的思想和行动在两代人身上刻下了不可磨灭的印记,而且必定将深刻影响后来者。换一个时期和传统,我们也许会说,乔姆斯基的专注力来自一种宗教感召——乔姆斯基肯定会嘲笑并反对这种评价。他对公共文本的熟稔可以媲美研读《塔木德经》的学者。如果莱因霍尔德·尼布尔对"上帝是人类的希望"这种观念的坚守是一种宗教感召,那么,乔姆斯基对真理和正义的坚守同样如此,而且不似尼布尔给茫然者与投机者的实用指南那般混乱不清。

在柏拉图的《理想国》中,苏格拉底对民主表现出极大的恐惧,因为民主在他眼中等同于自由。结果就是暴政。但时至今日,我们对作为理想的民主已经有了不一样的理解。那就是如何披上民主的外衣,但在实践中又拒绝民主,确保披着虚假外衣的民主将公意交托给一小撮人,也就是寡头。这之所以能做到,靠的是人民的沉默以及受操控的制度,后者将公共参与和审议的切实民主变为假模假样。在收于本书的《未经同意的同意》中,乔姆斯基揭示出所有人都应知道但中产阶级在风生水起时容易忘记的一点:两个主要政党都是商业导向的,内心将大公司奉为美国生活的引擎。当然,在工作场所,标准永远坚如磐石。拿民主开玩笑是万万不能的。工作场所是自上而下威权主义的典型。在这个例子中,劳动者与工会运动围绕着威权主义可以在多大程度上延展至工人的生活而进行持续的斗争,而非它是否应该存在。商业阶级始终清楚阶级斗争以及赢得这场斗争的重要性。

乔姆斯基不是唯一理解阶级斗争的性质以及贪婪寡头的坏处的人。汤姆·潘恩将美国革命视为围绕民主以及人民是否需要决定、参与和审议自身命运的斗争。甚至力主混合贵族制与共和制以保证稳定并防止暴民掌权的詹姆斯·麦迪逊也震惊地发现,真正的暴民正端坐家中,而不在门外。到了二十世纪,约翰·杜威明白,那些掌管生产、分配、宣传和运输的人自视为国家的统治者。我们可以更进一步。寡头政治出于国家安全已经将公开选举制度变为彻底的装饰性活动，我们不妨将这种作为娱乐的政治称为"政治娱乐"（politainment）。由于公共话语受到控制，改换关注频道，像一个否则可能被戳穿谎言的孩子一样改换"话语"，这相对容易。我们不应低估这种技能，它的确是美国广告界和国家宣传的天才之一。

和其他国家一样，美国历史的很大一部分可以被解读为帝国自大的叙事。[9]但在所有例子中，我们都能看到勇于和这种自大争辩、对其发出挑战的人。乔姆斯基就是其中之一。

一 知识与权力:知识分子与 福利—战争国家 *

"战争是国家的良药,"伦道夫·伯恩在一篇写于美国加入第一次世界大战时的经典文章中写道:

> 它自动地在全社会调动那些不可抗拒的力量,要求统一,促使与政府的密切合作,迫使那些缺乏更广泛群体意识的少数群体与个人服从。……艺术创作、知识、理性、美、生活的改善等其他价值观都立即、几乎一致地遭到舍弃,而那些以国家的业余代理人自居的显赫阶级不仅为自己牺牲这些价值观,而且强迫所有其他人也做出牺牲。

为社会中"显赫阶级"服务的是知识阶层,他们在"务实的制度中得到训练,为执行命令做了充分的准备,却对结果的智力解读或理念关注毫无准备"。他们"忠心耿耿效劳于战争技术。战争和这些人之间似乎存在一种特殊的亲和力。好似战争和他们

---

* "Knowledge and Power: Intellectuals and the Welfare-Warfare State",载 *The New Left*, ed. Priscilla Long (Boston: Porter Sargent, 1970), pp. 172—199。——原注

互相期待已久"。[1]

伯恩强调国家动员的意识形态后果，即"不可抗拒的一致力量"，促使人们服从国家，屈从于"显赫阶级"的需要。战争动员还可以带来物质利益，尤其在第二次世界大战和冷战期间，政府对经济的干预终结了大萧条，并确保经济的"健康运转"广泛服务于破坏和浪费的社会目标。之后的事件证实了伯恩的预言：战争动员将使知识阶层通过"效力于战争技术"获得权力和影响。他的这番话可以与一九六一至一九六六年间任国务院和白宫东亚问题专家的詹姆斯·汤姆森的言论相比较：

> 对越南越来越多的投入还受到提出反游击战理论并急于见到这些理论接受检验的新一代军事战略家和社会科学家（其中一些人加入了新政府）的推波助澜。对一些人而言，"平定叛乱"似乎是一种应对世界不稳定的万能新药。……我们的越南政策对美国外交政策的未来构成了潜在的危险：出现了新一代将越南视为其学说终极检验的美国空谈家。

对于这一观察，我们可以结合另一个关于近年来广泛讨论的类似现象的观点："随着时间的推移，经济生活中的权力已经从它与土地的古老联系转变为与资本的联系，在近期又转变为构成技术专家体制的知识和技能的综合体……（也就是说，这种体制）欢迎所有为（政府与企业中的）集体决策带来专业知识、才能或经验的人（群体）。"[2]

在"服务于战争技术"（或太空竞赛这类替代物）并且与政府有密切联系的经济部门的决策过程中（政府保障这些部门的安全和增长），技术知识阶层占有支配性的地位。从而，不足为奇的是,技术知识阶层通常致力于巴林顿·摩尔所说的为"装点门面的国内改革和国外的反革命帝国主义"提供"主动出击的解决方案"。[3]在另一处,摩尔对"美国国内外的主流声音"——一种表达美国社会中经济精英阶层需求的意识形态,它由许多美国知识分子以不同但差别不大的方式提出,并且得到"在富裕社会中占有一定比重"的多数人的大力拥护——做出如下总结:

> 你可以尽情用语言抗议。我们乐于鼓励的自由只有一个前提条件:只要你的抗议不起作用,你就可以放声抗议。虽然我们对你的苦难深感遗憾并乐于做些什么——事实上,我们已经认真研究,并就这些问题与你的统治者和直接上司谈过——但你以武力赶走压迫者的任何企图都是对文明社会和民主进程的威胁。我们不能也不该容忍这种威胁。如果你诉诸武力,我们将在必要时做出慎重回应,如从天而降的火焰一般将你从地球上连根拔除。[4]

一个以这种声音占主导的社会,只能通过某种全民动员来维系,这种动员的范围至少可以涵盖从投入大量资源的承诺到确实有效的武力和暴力威胁。鉴于国际政治的现实,这种承诺在美国只能通过发出某种特定声音的国家精神错乱来维持,例如现任国防部部长认为,我们"陷入了一场真正的战争,加入了战场上的殊死搏斗,每个斗士都在设法取得优势"[5]——一场敌人有多种伪装的战争:克里姆林宫官员、亚洲农民、拉丁美洲的学生,不消说还有国内的"城市游击队"。还有一些清醒得多的声音,表达的是并非截然不同的认识。[6]或许这种主流声音所宣告的国家行动能取得成功。摩尔给出了富有见地的判断,认为这种体系"具有相当

3

大的灵活性和操作空间,包括战略撤退"。[7]无论是什么情况,这都大差不离。要想成功,必须付出道德败坏的代价,这会使跻身富裕社会中的人生活失去意义,就像生活对于危地马拉的农民来说毫无希望一样。也许"战争是国家的良药"——但只有将凝固汽油弹、导弹和防暴装置、监狱和拘留营、人类登月等费用纳入提升的国民生产总值时,一个经济体才算"健康"。

即便是这种意义上的"良药",现代国家的良药也不是战争,而是永久的备战。全面战争意味着失败。连"有限战争"也可能是有害的,不仅对于经济而言[8]就像股市和航空航天界高管的抱怨所表示的那样,而且对诉诸武力的长期承诺也不是好事。可能和平运动在限制进攻越南方面的胜利并不来自它当时的力量,而是来自摩尔的正确判断,即"主流声音"可能遭到彻头彻尾的挑战的危险。当不同意见关注的仍是发生在越南的具体暴行之时,最好把它扼杀在摇篮之中;对于一场如果放任自流可能会对美国社会及其国际角色提出严重质疑的运动,最好将它转移方向。所以我们现在听到轰炸北越(这引起了道德上的愤慨,从而威胁到国家[body politic]的稳定)[9]和征兵攻打殖民地的错误;我们还听到以"市场价格"组建志愿军的提议,为的是当越南战争在其他地方重演时,不再有那么多抵制活动。

我想把伯恩的两个观点再说明一下:备战在保障国家健康方面的作用,以及这种情况为"新一代美国空谈家"所提供的机会——并补充一些历史视角和评论,说明知识分子可能希望采取什么行动来对抗这些趋势。

长期以来,知识分子在追求真理与效劳权力之间左右为难。他乐见自己成为一个辨别真理、直言不讳并以行动——有条件时集体协作,必要时单独行动——反抗不公和压迫的人,一个促成更良善社会秩序的人。如果他选择了这条道路，他很可能成为孤家寡人，遭到无视或憎恨。另一方面，如果他以自己的才干效劳于权力，他就能获得声望和财富。他也许能成功地说服自己——或许有时出于正义——认为自己能让"显赫阶级"的掌权变得人性化。为了效率和自由的终极利益，在社会管理角色上，他也许会希望与这些阶级合作，甚至取代他们。渴望担当这一角色的知识分子也许会采用革命社会主义或福利国家社会工程的辞令，以追求知识和技能带来权力的"贤能主义"理想。他也许会自我呈现为带领人民走向新社会的"革命先锋队"的一分子，或者是把"渐进技术"运用于社会管理从而无需巨变即可解决问题的技术专家。对有些人来说，如何选择可能仅仅取决于对不同社会力量的相对实力的评估。从而，角色屡屡转换并不为奇；学生时代的激进分子成了平定叛乱的专家。无论是哪一种情况，他的主张必须接受质疑；他主张"贤能精英"这种为自身服务的意识形态；用马克思的话（在这种情况下用于资产阶级）说，贤能精英将"其解放的特殊条件（界定为）拯救现代社会的一般条件"。如果给不出合理的辩护，我们只能相信这些质疑。

很久以前，克鲁泡特金观察到："现代激进分子是集权者、国家主义者和本质上的雅各宾派，社会主义者是他的效仿者。"[10] 在很大程度上，他是正确的，因为他呼应了巴枯宁的警告，认为"科学社会主义"在实践中可能被扭曲为"一个由真正的或假装的专家所组成的少数新贵族对劳动群众的专制统治"。[11] 西方批评家旋即指出，布尔什维克领导层是如何承担起无政府主义者的批判所概述的角色的[12]——正如罗莎·卢森堡[13]在半个世纪前被德国社会主义政府的军队杀害前几个月所意识到的那样。罗莎·卢森堡对布尔什维主义的批判既体恤又友好，但同时鞭辟入里，对今天的激进知识分子来说饱含深意。[14]

除非全体人民参与经济和社会生活方方面面的决定，除非新社会是由他们的创造性经验和自发行动发展起来的，否则它将仅仅是一种新的镇压形式。"十几个知识分子将在几张办公桌后面颁布社会主义"，而实际上它"要求在被几个世纪的资产阶级统治所削弱的群众中进行彻底的精神改造"，这种改造只能在扩大资产阶级社会自由的机构中进行。社会主义没有明确的处方："只有经验才能纠正和开辟新的道路。只有畅通无阻、充满活力的生活才能融入到千变万化的新形式和即兴创作中，才能激发出创造力，它本身纠正了所有错误的尝试"。

因此，知识分子和激进分子的作用，必须是评估和评价、劝说和组织，而不是夺取权力和统治。"从历史上看，一场真正的革命运动所犯的错误，比最聪明的中央委员会的绝对正确要多得多。"[15]

对激进知识分子而言，这些言论是有益的指导。它们也为左翼话语中典型的教条主义提供了一剂全新的解药，这类教条主义对那些几乎无法理解的事情抱持枯燥的肯定性和宗教般的狂热——与自我毁灭的左翼相对应的，是自命不凡的肤浅现状维护者，他们能察觉到自己的意识形态承诺不过是像一条鱼能察觉到它可以在海里游一样。

尽管超出了讨论的范围，但在革命和后革命局势下回顾激进知识分子和技术知识阶层，以及群众和基于大众的组织之间的相互作用，仍然是有益的。从一个极端来说，这种探讨可能会考察布尔什维克的经验和自由技术官僚的意识形态，它们一致认为必须淹没群众组织和大众政治。[16]在另一个极端，它可能涉及一九三六年至一九三七年西班牙的无政府主义革命以及自由主义和共产主义知识分子对此的反应。[17]同样相关的,是当下南斯拉夫的共产党和民众组织(工人委员会和公社政府)之间不断发展的关系[18]。它可以借鉴越南南方民族解放阵线的经验,例如道格拉斯·派克在《越共》[19]和其他更客观的资料来源[20],以及许多有关古巴事态发展的文献报道所描述的那样。人们不应夸大这些案例与先进工业社会问题的相关性,但我认为,毫无疑问,人们可以从这些案例中获益良多,不仅是关于其他社会组织形式[21]的可行性,而且还关于知识分子和活动家试图理解大众政治时产生的问题。

值得一提的是,第一次世界大战后的非布尔什维克左翼残余再次附和并强化了对激进知识分子"革命先锋队"的批判。荷兰马克思主义者安东·潘涅库克[22]如此描述"共产党的目标——它称之为世界革命":"用工人的战斗力让一批领导人上台,然后用国家权力建立有计划的生产。"他继续写道:

> 知识阶层越来越认为,社会理想在生产过程中的重要性与日俱增:在技术和科学专家的指导下,一个井然有序的生产组织(与布尔什维克领导层指导下的生产组织)几乎没有什么两样。因此,共产党将这个阶层视为天然盟友,必须将其拉入自己的圈子。通过有效的理论宣传,共产党力图使知识分子脱离处于衰落的资产阶级和私人资本主义的精神影响,并争取他们参加革命,使之成为新的领导和统治阶级……他们会以革命领袖的身份进行干预和介入,名义上是通过参加斗争来提供帮助,实际上是为了使行动转向他们党的目标。[23]

而在战后西方福利国家,受过技术训练的知识分子也渴望在新兴国家资本主义社会中取得控制地位。在新兴国家资本主义社会中,一个强大的国家以复杂的方式与正在成为国际机构的公司网络相连接。他们期待着在其所描述的"后工业电子技术社会"中,"在科技专家指导下(进行)有序生产";在这个社会,"财阀的卓越地位受到政治领导层的持续挑战,而政治领导层本身也日益被拥有特殊技能与智力天赋的人才所渗透",这是一个"知识成为权力的工具,而有效动员人才是获取权力的重要途径"的社会。[24]

因此,伯恩对知识分子背叛行为的批评属于一个更广泛的分析框架。此外,他对战争动员的意识形态作用的看法,也被一些事件证明是正确的。伯恩提出这些观点的时候,美国已经是世界主要的工业社会——美国在一八九〇年代的工业生产量已经相当于英国、法国和德国的总和。[25]这场战争当然极大地提高了该国的经济优势地位。从第二次世界大战开始,美国就成为世界性的主导力量,而且至今仍保持这种地位。全国战争动员使人们得以运用各种手段摆脱一九三〇年代的经济停滞,并提供了一些重要的经济学见解。正如钱德勒所指出的:

> 第二次世界大战带来了其他教训。政府花费的金钱,比最热心的新政拥护者所提议的要多得多。开支的大部分产出被摧毁或留在欧洲和亚洲的战场上。但随之增加的需求,将美国推入了一个前所未有的繁荣发展时期。此外,在这场有史以来规模最大的战争中,对庞大的陆军和海军的补给需要严密集中地控制国民经济。这使企业管理者们齐聚华盛顿,执行历史上最为复杂的经济计划之一。这一经历减轻了人们对政府在稳定经济方面所起作用的意识形态恐惧。[26]

显然,人们深刻地汲取了这一教训。有人准确地指出,在战后世界,"军备工业为整个经济提供了一种自动稳定器"[27],而开明的企业管理者们,非但不害怕政府对经济的干预,反而将"新经济学视为一种提高企业生存能力的技术"[28]。

随后的冷战进一步推进了美国社会的去政治化,并创造了一种心理环境,在这种环境中,政府能够部分通过财政政策、公共工程和公共服务进行干预,但很大程度上是通过"国防"支出——当"管理者无法维持高水平的总需求"时,作为"最后的协调者"(钱德勒)。冷战也为政府广泛地致力于建设以美国资本为主导的一体化世界经济提供了财力和心理环境保障——"(这)不是理想主义的白日梦,"乔治·鲍尔说,"而是一个头脑冷静的预言;它是一个我们被自己的技术的当务之急所推动的角色"。[29]主要工具是跨国公司,鲍尔这样描述:"在其现代形式中,跨国公司,或者说拥有世界范围业务和市场的跨国公司,是一个明显的美国式发展。通过这类公司,第一次有可能以最大的效率利用世界上的资源……但要充分发挥跨国公司的好处,必须实现世界经济更大程度的一体化"。[30]

跨国公司本身是政府调动资源的受益者,且其活动最终也得到美国军事力量的支持。同时,国内经济也出现了一个日益集中的控制过程,正如在政治生活中一样,随着议会制度的衰落——事实上,这种衰落在整个西方工业社会都显而易见。[31]

基于美国跨国公司的"世界经济一体化"显然对自由构成了严重威胁。并非激进派的巴西政治经济学家埃利奥·雅瓜里贝曾指出:

日益依赖外国发达国家,特别是美国,再加上国内持续加剧的贫困和动乱，将迫使拉丁美洲人民在永久的外国统治和国内革命之间作出选择。这种二中择一的现象在加勒比地区已然显而易见，该地各国已经失去了各自的生存能力，而且由于本国内部寡头的联合行动和美国的外部干预，它们无法形成一个更大的自治共同体。如果未能取得自治自给发展的最低条件，如今在加勒比海发生的事情，很可能在不到二十年的时间里在拉丁美洲的主要国家发生。[32]

同样的担忧在亚洲，甚至在西欧也出现了，这已不是秘密，那里的国家资本无法与受到国家支持的美国企业展开竞争，尼伯格将这个体系称为"政府补贴的私人利润体系"。[33]

经济控制也伴随着文化征服的威胁——但在殖民地管理者，或者在那些乐于负责一些无助社会的"现代化"的美国政治学家看来，这不是一种威胁，而是一种积极的美德。一个略显极端的例子是一位美国外交官在老挝的发言："对这个国家来说，要想取得任何进步，就有必要夷平一切。有必要将居民数量减少为零，使他们摆脱阻碍一切的传统文化。"[34]

在另一个层面，在拉丁美洲也可以观察到同样的现象。克劳德·朱利恩评论道：

> 拉丁美洲学生的反抗，不仅针对腐败和低效的独裁政权，也不仅针对外国人剥削他们国家的经济和人力资源，而且还针对触及他们身心最深处的文化殖民。也许，这就是他们的反抗比那些主要经历经济殖民的工人或农民组织的反抗更致命的原因所在。[35]

美帝国的典型案例是菲律宾，美国对该国造成了灾难性的影响。

长期的威胁主要是针对民族独立和文化活力，以及成功、平衡的经济发展。[36]这些因素交织在一起。国内统治精英们对美国的统治，甚至对美国的帝国冒险产生了既得利益——远东地区较为清晰地证明了这一事实，朝鲜战争和当下的越南战争，极大地促进了那些在美国体系中被逐渐"一体化"的国家的"健康"。有时结果近乎荒诞：因此日本生产那些将美国士兵尸体运送回国的塑料容器，而"法本公司这家为德国灭绝集中营的毒气室生产齐克隆 B 药丸的公司……现在在南越建立了一个工业厂房，为美国远征军生产有毒化学品和气体"。[37]纵使没有这些例子，普通的现实也已经足够残酷的了。

在《纽约时报》每年出版的《亚洲及太平洋经济概览》中，我们都会读到这样的内容：

> 泰国人将和平视为福祸参半之事：……（这是一个）不可辩驳的事实，即（越南）战争的结束将对泰国的经济构成严重威胁。泰国投资委员会的新月刊《投资者》在十二月份出版的第一期封面文章中坦率地阐述了这一情况。该杂志指出："泰国的经济发展与战争密不可分"，"无论美国对其未来在东南亚的角色做出什么样的决定，都会对这里产生深远的影响"。"美国突然终止在东南亚的战争行为，"该杂志继续说道，"将造成痛苦的经济后果……"然而，如果正如许多人所想象的那样，美国从越南撤军实际上会导致美国加大在这里的军事存在，泰国人将要在继续繁荣和传统社会进一步恶化之间作出更艰难的选择。[38]

影响是严重的,并且不断累积:它被添加到殖民时代的骇人遗产之中,例如,美国国际开发署菲律宾项目负责人在一九六七年四月二十五日众议院小组委员会的一次作证过程中,就清晰地概括了这一点:

> 农业……几乎是被研究忽略所导致的结果——交通不畅、灌溉不足、农业信贷项目匮乏、旨在为城市地区提供廉价食品的价格政策阻碍农业生产、租佃率高、土地所有权缺位、市场组织不善以及利率过高等等。吕宋岛中部的一个(六口之家的)普通农民,从他的农业经营中赚取了大约八百比索。他这种情况在过去五十年里(更确切地说是自从西班牙占领菲律宾以来)都未曾改变。也许比农村居民的实际情况更为严峻的……是城乡生活差距正日益扩大……过去十年当中,富人变得更富有,而穷人变得更穷了。[39]

可以想象,新技术的进步——例如"奇迹大米"——可能会有所帮助。人们当然希望如此,但这种超前的乐观情绪似乎值得怀疑:

> 部分由福特和洛克菲勒资助的组织所开发的全新高产品种,需要科学管理、投入达之前所需二至三倍的现金,以及大量的用水调度……(如果实现自给自足),菲律宾的商品市场价格将大幅下降。这意味着仅有那些最有效率的农业单位才会拥有大型的、机械化的、无人租赁的农业综合农场。这一技术事实,再加上《农地改革法》中的漏洞,即允许地主将其佃户从土地上赶走并自己耕种该土地以便他可以保留土地,可能会摧毁菲律宾在土地改革方面所做出的任何尝

试……(马科斯总统)非常清楚1965年发表的一份很少被公开的报告,它清楚地证明了菲律宾农村社会的封建性以及爆炸性的本质。报告显示,仅仅十八年前,不到0.5%的人口拥有42%的农业用地。221个最大的土地拥有者——其中最大的是天主教会——占据了农场面积的9%还多。1958年,约50%的农民是佃农,还有20%为农场工人。因此,70%的农业从业人员都没有土地……1903年,全国的租佃率为18%,但不包括农场工人。到1948年,这个数字已经攀升至37%。1961年,这一比例超过了50%。没有证据表明这一趋势在过去八年中发生了根本性的变化。它甚至可能超过土地改革的微小努力……由同样的农村银行精英组成的马尼拉国会,是否会投票通过以必要的资金来资助农业信贷管理局、土地银行和合作社呢?[40]

这项报告可能进一步表明,这种情况在很大程度上是美国殖民政策的后果,而且它还大胆地预测人们在一个被称为"美国菜园"的国家的命运,他们被"合理化"地驱赶出其土地。

印度也有类似的报告:"尽管印度农民显然想要利用这项新技术,但并不清楚他能够在稻田里取得多大程度的成就。"[41]同一份报告还提到了另一个问题:"印度各邦政府一直在取消对较富裕农民的收入征税,而这些农民的收入在稳步增长。政治家们相信,任何一个迫切要求恢复这些税收的政党都无异于自杀。但如果缺乏一些将农村地区的部分新增收入用于发展的机制,增长必将滞后。"

再强调一下,这是殖民主义的遗产。只有在全世界进行某种社会重建才能得以改善,但这将遭到来自美国的影响力及其直接使用武力的抵制,对于后者,美国将在可能的情况下采用受过美式训练以及配备美式装备的当地军队。巴西不过是最近和最明显的一个例子。军事精英在巴西宣扬这种意识形态:"接受'反对颠覆的全面战争'的原则,国家安全学说认为,'欠发达国家必须通过提供原始材料,帮助基督教世界的主要国家保卫文明'"。[42]

如此,就有可能回到乔治·鲍尔的表述,"以最大的效率使用世界资源",和以"世界经济更大程度的一体化"[使用世界资源]。以这种方式,我们努力实现布鲁克斯·亚当斯很久以前提出的预测:"我们的地理位置、我们的财富以及我们的能源非常适合我们进入东亚的发展(但为什么只在那里?),并将其纳入我们自己的经济体系。"[43]与此同时,我们自己的经济体系严重依赖于受政府诱导的生产。它越来越成为一个技术知识界深度参与的"政府补贴的私人营利体系"。公共舆论容忍这种体系,但被幻想所折磨,并被大众媒体所愚弄。

像这样充满危险的情况是显而易见的。从自由技术官僚的观点来看,解决这个问题的办法在于加强联邦政府("激进集权者"走得更远,他们坚持所有权力都归中央国家当局和"先锋党"所有)。只有这样,军工复合体才能得到驯服和控制:"通过促进更大程度的经济集中和收入不平等来刺激民用经济的过滤过程,必须被坦率地接受联邦政府的责任所取代,以便控制经济增长的趋势,并规划经济和社会所有部门的保护和增长。"[44]

希望寄托在罗伯特·麦克纳马拉等技术娴熟的经理人身上,他"始终是改革和控制'契约国家'运动的坚定英雄"。[45]认为技术结构带来的希望并没有麦克纳马拉所带来的希望大,这一猜测可能是正确的;麦克纳马拉清楚地解释了他自己对于社会组织的观点:"无论是在政策问题上还是在商业领域,重要的决策都必须由高层决定。这部分地——尽管并非完全地——解释了高层的作用。"

但最终的控制权必须掌握在管理层手中,"归根结底,管理是所有艺术中最具创造性的,因为它的媒介是人才本身"。这显然是神的旨意:"上帝显然是民主的。他把脑力分散到世界各地。但他有足够的理由期望我们使用这份无价的礼物,去做一些富有成效和建设性的事情。这便是管理的全部意义。"[46]

这是技术官僚精英相对单纯的愿景。关于强化的联邦权力在国家资本主义社会中可能扮演的角色,我们通过研究过去的记录,可以得出更为深思熟虑的判断。联邦政府不仅通过资助研究和开发,而且还通过投资私人资本和直接购买的方式,不断地加速军备竞赛,推进国内与国际经济的集中化。[47]莱特温的观察暗含一个合理的预测,即在过去,"商人发明、鼓吹或者至少迅速认识到每一种主要的(政府干预)措施的有效性",因为他们可以因此"将政府作为一种可以积极利用的手段,实施符合他们自身经济利益的社会安排"。清楚地认识到反弹道导弹系统的非理性(除了作为对电子工业的补贴),麦克纳马拉对该系统的放弃极具戏剧性地表明,技术知识界中的许多人可以仅仅通过"从内部行事"实现其目标。

当我们进入尼克松时期时,有充分的理由认为,即使"麦克纳马拉派"的软弱姿态也会受到限制。在刊载于《华盛顿邮报》(1968 年 12 月)上的一系列文章中,伯纳德·诺西特引用了北美罗克韦尔国际公司总裁的话:"尼克松先生关于武器和太空的所有声明都是非常积极的。我认为,他对这些事情的认识可能比我们在白宫所见到的一些人的认识要稍微深刻一些。"诺西特在其研究中得出如下结论:

强大的工业巨头迫不及待地要求更多的军事业务,五角大楼的国防规划者迫不及待地进行新式武器的生产,国会议员的选区直接从计划的合同中获利,而从蓝领飞机工人到大学物理学家的数以百万计的美国人从武器生产的过程中领取薪水。即将接管白宫的是一位新总统,他的竞选活动让人毫不怀疑他倾向于支持反弹道导弹系统和其他昂贵的武器开支,同时收紧民用开支。这就是1969年的军工复合体。

当然,任何一位称职的经济学家都可以概括出其他方法,使政府诱导的生产可以借此维持经济运行。"但资本主义现实比规划者的笔和纸更棘手。首先,国家过多的生产性支出被排除在外。从资本家个人的角度来看,这种支出将是一个更强大、物质资源更丰富的竞争对手对他领地的公然侵犯;因此,它需要被抵制。"[48]

　　此外,在一个将"对收入和财富拥有强烈欲望"誉为最高层次的善(见注45)的社会中,很难——颠覆主流的意识形态——动员民众支持将资源用于公共福利或满足人类的需要,无论这些需求有多么迫切。LTV航空航天公司金融副总裁塞缪尔·F.唐纳清晰地解释了这个观点;诺西特曾引用其观点,以解释为何"战后世界必须通过军事命令来支撑":"这是基本的。它的卖点是保卫家园。这是政治家们调整体制的最大诉求之一。如果你是总统,而且你需要一个经济的核心因素,那么你就需要兜售这个因素,而不能兜售哈莱姆区和瓦茨,但你可以兜售自我保护、一个新的环境。只要那些俄罗斯人领先于我们,我们就要增加国防预算。美国人民明白这一点。"

　　同样,美国人民"理解"太空竞赛怪诞的必要性,太空竞赛很容易受到麦迪逊大道技术的影响,因此,与一般的科学技术竞赛一样,是"无限的战略军备竞赛的变形,转换和理论替代品;它是以其他方式展开竞赛的延续"。[49]现在很流行公开谴责这种分析——或者甚至提及"军工复合体"——是"不成熟的"。因此,有趣的是那些操纵这一过程并直接从中获利的人,对这一问题并不那么畏首畏尾。

一些敏锐的分析家——约·肯·加尔布雷思是最好的例子——声称,对增长和利润最大化的关注已经变成了几个管理和技术结构动机中的唯一动机,认为认同和适应组织、公司的需要,补充甚至支配了这种关注,公司充当经济的一个基本规划单位。[50]也许这是真的,但这种动机转变的后果可能很微小,因为作为规划单位的公司是为了生产消费品[51]——民族国家往往作为消费者——而不是满足社会需要,以及为了扩大公司在有组织的国际经济中的支配权。

在其关于军工复合体的著名演讲中,艾森豪威尔总统曾警告:"联邦就业、项目拨款和金钱力量支配本国学者的前景永远存在——而且值得认真对待。"事实上,政府长期以来一直都是工程专业的"最终的雇主"——实际上是占支配地位的雇主——而且如果没有大量正在开发的技术,世界无疑将会变得更加美好。

许多非常有才智的批评家清楚地认识到这一事实,对此深感痛惜。在其引用的著作中,哈·伦·尼伯格对"科技竞赛"的背景作出如下解释:"维持一个健康经济的需要,成为这一等式的组成部分并处于次要地位。对经济停滞的恐惧、大规模战时开支的习惯、几乎囊括所有群体的既得利益、政治分赃,这些都成为深思熟虑的政府政策的构成部分,旨在投资于'研发'帝国,以此作为经济刺激剂和公共工程项目"。

他展示了政府合同是如何从"停滞不前的民用经济"中"脱

身"的，将"当代对科学的献身精神"和"大众对创新神秘性的信仰"视为"用无与伦比的私营经济和公共决策权，去掩护人们对工业研发和系统工程管理的痴迷"。

> 近三十年来，国家的资源一直由军事需求所支配，而政治和经济权力则位列国防优先事项之后而得以巩固……私人企业尚存的神话使工业巨头与社会控制相隔绝，扭曲了国民对国内外现实的解读，掩盖了企业兼并和经济集中的飞驰速度，保护了狭隘私人利益的准公共地位……除了宣称安全、国家威望和繁荣之外，科学这个神圣的名字还被誉为一种替代的共识，一种软化、延缓和转移美国社会日益分裂的借口……科技竞赛提供了一种政府注资刺激经济的替代渠道，既维持了个人收入，又没有增加民用物品，进一步加剧了支配和组织国家资源的购买力结构的不平等。

通过对这些事态发展的分析，以及对这些事态的反常和不人道特征的激烈谴责，尼伯格是在秉持批判知识分子的最高传统。然而，当他认为开明的官僚——例如麦克纳马拉——可以利用联邦政府不可否认的权力，通过从"内部行事"以便在根本上改善局势，这却是不切实际的；正如那些担心核灾难的科学家们，如果他们相信对政府官僚进行有关军备竞赛或太空竞赛的非理性的私人讲座能够成功改变国家的优先事项，那就是自欺欺人。同样，理论上来说，认为"刺激和稳定经济的技术不过是中立的行政工具，能够或多或少地公平分配国民收入、改善工会或雇主的相对谈判地位、增加或减少公共部门在经济中的重要性"[52]，这个观点可能是正确的。但在现实世界中，正如同一作者所指出的，这些

"中立的行政工具"适用于"由商业界所定义的共识范围"。"新经济"的税收改革使富人受益。[53]城市革新、消除贫困的战争、科学和教育支出,在很大程度上变成了那些已享有特权群体的补贴。

了解这些事实的知识分子有许多方法能够改变这些事实。例如,他可能会试图让贤能或企业精英以及与他们关系密切的政府官员变得"人性化",这一计划在许多科学家和社会科学家看来似乎是可行的。他可能会努力帮助组建一个在传统政治框架内运作的全新或振兴的改革派政党。[54]他可以尝试与致力于更激进的社会变革的群众运动结盟并帮助创建后者。如果他愿意接受"商业界所定义的"限制以及与之相关的技术知识界的限制,那么他就可以作为一个个体来抵制给予他特权和财富的社会对他提出的要求或诱惑。他可以尝试组织对由技术知识界协助制造的噩梦进行大规模的抵制,并找到能将他们的技能用于构建建设性社会的方法,或许可以与一场寻求新社会形式的群众运动进行合作。

当更笼统地处理这个问题时,集体行动本身的重要性就变得更加明显。在一个由孤立和竞争激烈的个体所组成的社会当中,很少有机会能对压制性的机构或根深蒂固的社会力量采取有效行动。加尔布雷思在关于需求管理的一些相关评论中强调了这一点,他认为:

> 社会设计的各个方面都是一种令人钦佩的微妙安排。它对个人无效,但对大众有效。任何个人都可摆脱其影响。既然如此,强迫个人购买任何产品的行为都不可行。所有反对的人都有一个自然的答案:你可以自由地离开!但稍显危

险的是,有足够多的人会坚持自己的个性,从而削弱对大众行为的管理。[55]

在过去几年里,有组织的抵抗造成的真正威胁是对"群体行为的管理"。在某些情况下,一个人只有准备采取集体行动,才能维护自己的个性。因此,他可以克服阻碍其识别自己真正利益的社会分裂,并学会如何捍卫这些利益。社会很可能会容忍"正式退出"的个人,但前提是他们不以集体的方式进行,因为这样做会削弱"大众行为的管理"这个按照吸引自由派技术官僚(比较上文提及的麦克纳马拉的评论)或激进集权者而设计的关键社会特征。

人们正通过一些微小但重要的方式开展上述任务——例如,学生和年轻教员组成"关心亚洲学者委员会",试图在更客观和更人道的基础上重建亚洲研究,并以这种方式打击侵略性意识形态的基础之一,该基础支持国家对镇压、全球范围的社会管理以及破坏的承诺;或者通过一群刚刚开始组织起来的科学家和工程师,反对军事—工业—学术复合体的要求,这是一个极具潜力的发展趋势;或者通过那些认识到大学教学和研究在很大程度上受到特权阶层需求制约,从而正在寻求构建替代性的学习和行动方案、教学和研究方案的人,这些方案在智力和道德方面更有说服力,这将改变大学的性质,不是通过改变大学的形式结构——一个相对无关紧要的问题——而是通过学生和教员在大学的实际工作去改变大学的性质,并调整那些经历大学的人的生活方向;或者,在大学之外,通过那些直接抵抗战争机器的人,或者那些致力于创建替代性社会制度的人,这些制度可能最终成为一个完全不同的社会的细胞;或者那些试图在社区或工厂组织和学习的人;或者是那些试图建立一个政治运动的人,该运动将这些国家层面实际上是国际层面的努力进行整合。

或许还可以讲一讲其他例子。我实在看不出这些努力之间产生冲突的理由。我们不知道哪种努力会成功，也不知道它们能走多远，更不知道经验会使它们如何发展，或者，更详细地说，一个什么样的新社会愿景可能会从针对这些目标的思想和行动中产生。我们可以预见，如果不予以有力的打击，知识分子的精英和独裁倾向就会破坏这种努力。我们可以预测，只有大众参与社会制度的规划、决策和重建——"积极的、自由自在的、最广大人民群众精力充沛的政治生活"——才能创造"大众精神的转型"，这是社会演进过程中任何进步的先决条件，并将以体面、人道的方式解决社会重建的无数问题。我们还可以预测，如果这些努力变得有效且规模巨大，它们将遭到武力镇压。它们能否经受住这种武力考验，将取决于它们作为一个普遍的、整合的运动的一部分所形成的力量和凝聚力，这一运动在许多社会阶层有着强大的民众支持基础，得到了那些民众的支持，他们的理想和希望是由这一运动及其努力实现的社会形式所形成的。

激进思想家们一直理所当然（而且也理应如此）地认为，威胁那些根深蒂固的社会利益的有效政治行动，将导致"对抗"和镇压。相应地，左翼寻求构建"对抗"是知识分子破产的标志；这清楚地表明，组织重大社会行动的努力已经失败。对明显的暴行表现出的不耐烦和恐惧，可能促使人们寻求与权威的直接对抗。下列两种方式之一可能极具价值：对执行特定政策的人的利益构成威胁；或者使别人意识到一个太容易忘记的现实。但寻求对抗也可以是一种自我放纵，可能会使一场社会变革运动流产，并将迫使其变得无关紧要甚至成为灾难。从有效的政策中产生的对抗可能是不可避免的，但认真对待自己言辞的人将设法推迟对抗，直到他希望取得成功，无论是在上文提及的狭义层面上，还是在更重要的意义上，即通过这种成功实现制度的实质性变化。尤其令人反感的是设计对抗的想法，以便操纵不知情的参与者接受一种观点，而这种观点不是从有意义的经验和真正的理解中总结的。这不仅证明了政治上的无关性，而且正是因为它具有操纵性和强制性而成为一种适当的策略，该策略只适用于一个旨在维持精英主义和威权主义组织形式的运动。

相反的危险是"吸纳"，这也是一个确实存在的问题。即使是最激进的计划也无法逃脱这种危险。想一想工人委员会这个主意吧！生产商在实施过程中往往不是尝试采取一种全新的管理形式，而是管理福利计划，或者甚至改进工厂纪律。[56]从他们的角度来看，这种可能性被那些关注更有效的"工业管理"的人视为理事会组织的潜在优势。因此，在介绍斯特姆塔尔的研究时，在工业仲裁领域赢得相当声誉的哈佛经济学家约翰·托·邓洛普写道：

> 无论是在发达国家还是在新兴发展中国家，人们都对工厂，对工人及其上级、劳工代表之间的关系产生了浓厚的兴趣。各地的政府、管理者和劳工组织都关心如何提高付出和绩效；他们正在探索培训和监督劳动力的新方法，并寻求新的程序来加强纪律、解决投诉或驱散抗议。工人委员会的各种经验，提供了那些塑造或修改劳资关系和经济制度的人普遍感兴趣的记录。

更确切地说，对工人委员会的描述符合对现有制度进行彻底重建的任何其他尝试。事实上，有些人甚至认为，马克思主义作为一种社会运动，其主要目的是使无产阶级"社会化"，并使之更有效地融入工业社会。[57]那些仅仅以"吸纳"的较小可能性（即使很可能）为由而反对计划的人，仅仅表明他们反对一切可以想象的东西。

大学前所未有地成为知识分子和技术知识阶层的聚集地，不仅吸引了科学家和学者，甚至还吸引了作家、艺术家和政治活动家。人们可以争论其产生的原因及后果，但事实相当清楚。争取民主社会学生联合会发表的《休伦港声明》表达了一种希望，即大学能够成为"社会变革运动的潜在基地和机构"；允许"政治生活成为学术生活的附属品，且行动由理性支配"，有助于产生一个真正的新左派，这个左派将是"一个拥有真正的知识技能、致力于将审慎、诚实和反思作为职业工具的左派"。[58]许多新左派人士现在认为，这些思想是他们"自由主义过往"的一部分，鉴于已经实现的新意识，这些思想将被抛弃。我不同意这个判断。左派迫切需要了解当今社会，其长期趋势、社会组织的其他可能形式，以及对社会变革如何发生的合理分析。客观的学术研究有助于这种理解。事实上，我们不知道大学不允许进行范围广泛、诚实的社会研究，正如我们许多人认为的那样，认真地、思想开明和独立地从事学术研究将得出激进的结论。我们并不知道，因为几乎没有人尝试过。到目前为止，主要的障碍是学生不愿意从事所需的严肃工作，且教员们普遍担心他们的行业协会结构可能遭受威胁。假装问题的根源——至少到目前为止——是受托人和管理人不愿意容忍这种尝试，这也许很方便，却是错误的。可以找到镇压的案例，它们令人愤慨，但不构成问题的核心。我认为这场运动已经被某些关于这个真相的幻想所笼罩。

例如，考虑一下一位消息灵通的活动家的论点，即大学鼓动的目标应该是进行"反帝斗争,而大学行政部门是一个明显的敌人"。[59]这太容易了。事实上,不管组织结构图看起来如何,大学——至少"精英"大学——是权力相对分散的机构,其中大多关于教学和研究的最重要决定由教员作出,通常是在系一级。只有当行政命令(或受托人干预)阻止大学内部严肃而坚定地尝试创建替代方案时,这种判断才是合适的。就目前而言,这种情况是例外。如前所述,最大的问题是未能认真地进行这一尝试。当作出这样的尝试时,发现它被阻止了也没有什么好惊讶的——尽管我倾向于推测,教员将被证明是比受托人和管理层更大的障碍。在这种情况下,有效的、有原则的和有意义的行动也可能导致对抗。人们既不应寻求,也不应在适当的时候避免这种对抗。

仅举一个例子,如果尝试组织科学家们寻找颠覆其学科的有意义替代方案被证明是成功的,那么就完全可以假设这一行动将成为一个"非法阴谋",正是因为它以前文提到的方式威胁到"国家的健康"。到那时,这样一场运动的组织者将意识到他们必须展开抵抗。如果事实上他们的政治威胁到根深蒂固的社会力量以至于导致镇压,他们将不得不设计各种形式的行动来防止这种镇压。

知识分子参加真正的社会变革运动的机会各式各样,但我认为某些一般原则是明确的。他们必须愿意面对事实,避免轻易幻想。[60]他们必须愿意从事艰苦而严肃的智力工作,这是为理解作出真正贡献所必需的。他们必须避免加入压迫性精英的诱惑,并且必须帮助创造大众政治,抵制——并最终控制和取代——根深蒂固但并非不可避免的集权和独裁的强烈倾向。他们必须准备面对镇压,并采取行动捍卫他们所信奉的价值观。在一个先进的工业社会中,民众积极参与控制主要机构和重建社会生活的可能性是多方面的。与企业精英结盟或从属于企业精英的技术官僚精英统治似乎并非不可避免,尽管并非不可能。因此,很难理解人们无法作出超出最低信任度的预测。在某种程度上,我们可以创造未来,而不仅仅是观察事件的发展。考虑到这些利害关系,错过未经发掘的真正机会将形同犯罪。

二　例外情形 *

在国际事务中,什么时候诉诸暴力具有正当性? 在交战时,什么行为是合理的? 这些都是伦理判断和历史分析的难题。迈克尔·沃尔泽正确地主张,"除了仅仅描述人们通常做出的判断和辩解,(我们)可以分析这些道德主张,找出它们的连贯性,揭示它们所体现的原则"。他的目的是形成某种关于我们的"道德世界"的概念,从中提取对历史事件的具体判断和解决未来困境的操作标准。

就这些问题,有一些广泛接受的信念可以称为"标准"。关于诉诸暴力,标准信条认为,出于自卫目的或对迫在眉睫的武力袭击的反应,诉诸暴力具有正当性。沃尔泽转述的丹尼尔·韦伯斯特在卡罗琳案中的表述经常被拿来阐明何为迫在眉睫的武力袭击:"瞬息之间、不知所措、别无选择、无暇思考"。沃尔泽将标准信条的这一部分称为"法律主义范式"。关于武力行动,标准信条的另一部分构成了沃尔泽所说的"战争惯例",包括不杀战犯、不对平民发起直接攻击等原则。

---

* "An Exception to the Rules," *Inquiry*, April 17, 1978. 对迈克尔·沃尔泽(Michael Walzer)的《正义与非正义战争》(*Just and Unjust Wars*, New York：Basic Books, 1977)的书评。——原注

编入各种国际惯例的标准信条认为,诉诸战争和战场上的手段都属于道德话语领域。就这些议题,有大量围绕越南战争的讨论,这场冲突引起了沃尔泽的关注。虽然标准信条屡屡遭到侵犯,仍有必要对它加以评估和完善。

沃尔泽认为,法律主义范式在某些方面限制性太强。但在其他方面,他又对其做出了和战争惯例一样严格的解读。沃尔泽把二战期间欧洲反轴心国的努力视为"正当斗争的……范式";他认为纳粹主义"处于紧急状态的外部极限,此时我们很可能会发现我们在恐惧和憎恶中团结一致"。然而,他谴责丘吉尔在法律主义范式下为阻止矿石运往纳粹德国而在中立国挪威的领海布雷的决定是非法的,而且认为对德国城市的恐怖性轰炸严重违反了战争惯例。正如这些例子所阐明的,他严格地分析了标准信条,甚至在反对纳粹主义斗争的极端情况下也是如此。

沃尔泽指出,他的研究本身不可能提出一种详尽的历史论点,但至少在我看来,上述结论似乎合乎情理。此外,沃尔泽有理由挑战被人们广泛接受的观点,例如关于恐怖性轰炸的观点。回顾纽伦堡法庭的根本道德缺陷就足够了,正如特泰尔福德·泰勒对纽伦堡和越南的观察所生动揭示的那样,"对德国或者日本(领导人)发动空袭的刑事指控是没有根据的",因为"双方都曾参与破坏城市的恐怖游戏——同盟国取得了更大的胜利"。事实证明,"战争罪"的操作性定义是一种战败的敌人而非胜利者被判有罪的犯罪活动。这种道德立场的后果很快就会在朝鲜和越南(战争)中显现出来。假设严肃的道德批判能够阻止被纽伦堡原则所纵容(或忽视)的犯罪行为,那就太天真了。然而,这个例子说明了沃尔泽所从事事业的严肃性。

即使是对标准信条最深刻的辩护,其意义也是有限的,因为它在任何情况下都在原则上（即使不是在实践中）得到广泛接受。因此，沃尔泽研究的主要兴趣在于他提出的修改和完善，正如他对战争惯例作出的限制性解释那样。由于辩护的责任在于那些使用武力的人，他的研究更重要的部分，是那些背离了主张放宽（武力）的标准信条的人。这些都与合理使用武力的法律主义范式有关。

沃尔泽提出了四处修正，以扩展法律主义范式。其中三处"有这样的形式：国家可以被侵略，且战争可以正当地发起，以协助分离主义运动（一旦它们表现出其代表性）、平衡其他国家先前的干预以及拯救遭受屠杀威胁的人民"。这些扩展在"人道主义干预"的标题下得到讨论。沃尔泽陈述道，"被称为'人道主义干预'的明确例子少之又少。事实上，我尚未发现任何明确例子，只发现了一些人道主义动机是诸多动机之一的混合例子"。他援引印度入侵孟加拉国作为一个可能的例子（唯一一被引用的例子），因为"从严格和狭义的定义来看，它是一次救援行动"，印度军队"迅速地……进入又退出该国"。

因此，仍有一个严肃的建议需要考虑，即放宽对标准信条的限制；因此，沃尔泽研究的重要意义就在于这个关键案例。这个案例就是"先发制人"。沃尔泽接受"拒绝任何仅仅是预防性攻击的道义必要性，这种攻击不会等待和回应对手的故意行为"（因此而谴责在挪威海域布雷的行为）。但他觉得卡罗琳信条过于狭隘。他提出，当有"明显的伤害意图、一定程度上使这种意图转变为实际危险的积极准备以及当等待或采取除战斗以外的任何行动都会急剧放大风险的一般情况"时，先发制人是合乎情理的。

一个例子是以色列人在一九六七年六月五日的先发制人的袭击。沃尔泽认为这是"合理预期的明确个案"，也是他对两千五百年历史的回顾中唯一引用的个案,用以说明各国甚至在他国直接使用针对本国的武力之前就可能使用武力的观点。沃尔泽声称,以色列是一九六七年"侵略的受害者",尽管其他国家并未对以色列采取军事行动。更重要的是,我们可以对这一案例"确定无疑",正如沃尔泽在下面这段非同一般的话中所说:

> 尽管有狡猾的内鬼,这一理论还是很容易得到运用。下面是我认为确凿无疑的例子:德国人在一九一四年袭击比利时;提拉尼人(Tilanian)征服埃塞俄比亚;日本人侵略中国;德国人和意大利人干涉西班牙;俄国人进攻芬兰;纳粹征服捷克斯洛伐克、波兰、丹麦、比利时和荷兰;俄国人出兵匈牙利和捷克斯洛伐克;埃及人在一九六七年进犯以色列。

因此,埃及人对以色列的"挑战"显然是一个"进犯"的例子,与直接使用武力的其他几个例子不相上下。在沃尔泽看来,法律主义范式之所以失败,是因为根据卡罗琳信条,它并不宽恕以色列对这种"侵犯"的回应。

请注意这一案例对沃尔泽的论证至关重要。在一项涵盖两千五百年的回顾研究中,埃及在一九六七年发起的挑战是唯一一个没有直接诉诸武力的"侵犯"例子;但这不是一个模棱两可的例子,而是一个"确定无疑"的例子。以色列先发制人的打击是一个用来说明有必要修改法律主义范式,从而允许产生"预期"的历史性例子。不仅如此,这是所有据信是明确无误的历史案例的唯一修改,修改之处在于放宽了标准信条。沃尔泽在这里所提出的建议,正如他指出的,是"对法律主义范式的重大修正。因为它意味着,不仅在没有军事攻击或入侵的情况下,而且在(可能)缺乏发动这类攻击或入侵的直接目的的情况下,可以发起侵略"。鉴于这个例子所带来的负担,对历史事实进行认真的调查似乎势在必行,但沃尔泽并未展开此类调查。他只是断言,以色列人的焦虑"似乎是一个'正当恐惧'近乎经典的例子——首先,因为以色列确实处于危险之中……其次,因为(纳赛尔的)军事行动不服务于其他更有限的目标"。

以色列将领持有完全不同的观点。时任空军司令埃泽尔·魏茨曼将军表示自己将

> 接受这种主张,即不存在破坏以色列国存在的威胁。然而,这并不意味着可以不攻击埃及人、约旦人和叙利亚人。如果我们没有这样做,以色列国将不会据她目前所体现出的规模、精神以及品德而存在……为了确保我们能够在没有外部压力的情况下按照我们的意愿管理我们在这里的生活,我们参加了"六日战争"。

《世界报》驻以色列记者阿姆农·卡佩柳克援引马蒂亚胡·佩莱德将军和前参谋长哈伊姆·巴尔-列夫的确凿证词,指出"没有提出任何严肃的论据来反驳这三位将军的论点"。这一评估得到美国情报人士的证实,后者没有发现埃及计划发动袭击的证据,并估计无论谁发动了第一次袭击,以色列都会轻易获胜。参谋长联席会议主席五月二十六日向总统报告说,以色列可以继续动员两个月而不陷入困境。"因此,从军事意义上讲,时间似乎并不紧迫"。[1]

魏茨曼将军为先发制人辩护的理由,可与德意志帝国首相贝特曼·霍尔韦格在一九一四年攻击比利时后提出的论点相提并

论:"法国做好了进攻的准备。法国可以等,但我们不可以。法国对我们莱茵河下游侧翼的攻击可能是灾难性的。因此,我们被迫无视比利时政府的正当抗议……像我们这样受到威胁并为自己的最高所有权而战的人,只能考虑如何砍出一条路来。"

沃尔泽正确地驳斥了这种辩护,指出非军事选项并没有被全部排除,并嘲笑德国的"最高所有权",他认为这意味着"神圣和荣耀"(比较魏茨曼的"规模、精神和品德")。"仅仅是力量的增强,"沃尔泽坚称,"不能成为发动战争的正当理由,甚至不能成为正当理由的开始。"毫无疑问,人们可以在以色列人和德国人的攻击之间,或者在以色列人袭击和俄国进攻芬兰之间找到差异,甚至可能是决定性的差异——另一个明显的侵略案例,正如沃尔泽所承认的那样,尽管对列宁格勒未来可能遭到德国人攻击的防御岌岌可危,而俄国在芬兰拒绝领土交换后对后者的进攻,可能使列宁格勒在纳粹发动攻击时免遭被包围的命运。但有两点值得一提。第一,沃尔泽没有认真提及相关的历史背景。这是一个极其明显的疏忽,因为以色列人的袭击在其论点中起着至关重要的作用,并且他坚称以色列人的袭击和德国人与俄国人的攻击都是"明显的案例",指向了道德分歧的对立面。第二,认真分析一九六七年案例,很快就会发现确实存在怀疑和模棱两可之处,这与沃尔泽的说法相反。

沃尔泽只介绍了导致一九六七年战争的以色列版本。他不仅忽视了阿拉伯版本,而且忽视了不支持任何一方的评论员的著名分析。他没有提到以色列人在一九六六年十一月对约旦萨姆村(Es-Samu)发起的袭击,此次袭击造成十八人死亡:这是对据称源自叙利亚(受到包括美国在内的联合国的谴责)的恐怖袭击而发起的一次"报复行为"。他也没有讨论一九六七年四月七日的交火事件,这"首先引起了以色列人的干涉,然后是叙利亚飞机的介入,(随后是)以色列飞机出现在大马士革郊区,并导致六架叙利亚飞机被击落",而以色列则没有遭受什么损失。[2]

沃尔泽毫无保留地断言,纳赛尔的举动只会危害以色列,这与许多其他观察家的判断大相径庭。例如,约斯特注意到以色列的各种煽动性言论,它们"很可能已经点燃了这个长期积累的火种的火花",并讨论了纳赛尔因"其在萨姆村事件和四月七日(交火)事件中未能采取行动"而面临的问题。沃尔泽提到,埃及将联合国紧急部队驱逐出了西奈半岛和加沙,并对以色列船只关闭了蒂朗海峡。他没有提及以色列从未允许联合国部队驻扎在其边境一侧,以及以色列在埃及下令部分联合国部队撤离其领土后拒绝了联合国秘书长有关允许联合国部队驻扎在该国的请求。(埃及并未命令联合国部队撤出沙姆沙伊赫。)至于关闭蒂朗海峡,如果我们使用沃尔泽认为德国攻击比利时案例中的适当推理,我们看到和平解决的可能性仍然存在。例如,正如埃及自一九五七年以来一直要求的那样,这一问题可能已经提交至国际法院。以色列始终拒绝这一提议,可能是因为它同意约翰·福斯特·杜勒斯的观点,即"从国际法的角度来看,(阿拉伯人的)主张有一定的合理性"(尽管美国并不同意这一结论)。

当他听到以色列总理列维·埃什科尔宣布"我们将以我们选择的时间、地点和方式展开袭击",或当他得知以色列情报局长亚里夫将军告诉国际新闻界"我认为唯一确定和安全的答案是(针对叙利亚)采取极大规模和实力的军事行动"时,纳赛尔似乎也有表示担忧的正当理由。纳赛尔在五月二十三日的讲话中提到了这些言论,也指出了以色列人对叙利亚发出的各种威胁。他的担忧可能被放大了——这是可以理解的——回想起以色列在一九五六年发动的突袭,当时埃及正在极其努力地让边界平静下来。

我的评论在此仅触及问题的表面。关键是历史记录远比沃尔泽说的更为复杂和模糊。他认为埃及的"挑战"是一个简单的、不容置疑的"侵犯"案例,与纳粹在欧洲的征服不相上下,人们很难认真对待这种说法。此外,他无视以色列人袭击带来的创伤。与孟加拉国的情况完全不同,以色列军队没有离开。相反,为做好持续占领准备,以色列制定了一项旨在最终吞并某些地区、实际吞并东耶路撒冷的明确政策,以及一个解决和整合被占领土的方案——这一方案在国际社会几乎遭受一致谴责,但仍在继续。

以色列在一九六七年发动袭击期间,约旦河西岸地区约有二十万名阿拉伯人逃离该地,达成停火协议后,大约有同等数量的阿拉伯人逃离或被强行驱逐出该地。联合国停战监督组织总参谋长奥德·布尔在随后几个月发布的报告中说,"以色列人以各种方式鼓励他们离开,就像一九四八年那样"。他补充道,直到次年十一月,"毫无疑问,当时成千上万的阿拉伯人越过约旦河逃到东岸,尽管可能没有确切的证据表明采取了哪些方法以确保他们的离开"。因此,这片土地被"解放"了——解放了这片土地上的大部分人口。以色列人在其征服的地区建立了一个不同于其他同类的军事政权,这主要是因为它在美国享有更有利的新闻报道地位。所有这些随后的事态发展似乎都与对以色列袭击的评估有关,因为沃尔泽肯定会在他讨论的其他案件中看到类似事态发展的相关性。

我把重点放在这个特殊的例子上,是因为它在沃尔泽关于"道德世界"的陈述结构中起着至关重要的作用。去掉这个例子,沃尔泽就没有任何实质性的历史例子来表明,他所建议的对法律主义范式的背离不仅仅是学术上的,亦即,他们报道了真实的历史事件。这并不是说讨论毫无价值;即使是对这些问题纯粹抽象的讨论也具有一定意义。但我们不再像该书的副标题所说的那样,拥有"通过历史实例的道德论证",至少在放宽标准信条限制的关键情况下是这样。相反,我们所拥有的仅仅是一种道德主张,与明确的历史案例没有任何联系。

沃尔泽对"和平时期的报复"的分析,也可能被认为是暗示放宽标准信条。他认为,"报复行为显然受到国家实践的制裁,而这种实践背后的(道德)原因似乎一如既往地强烈"。他呈现的道德观点看似软弱无力;几乎可以说是断言了。他所举的"合法报复"的唯一例子再次涉及以色列:这一次是一九六八年以色列对贝鲁特机场的突袭,此次突袭摧毁了十三架民用飞机,作为对两名恐怖分子在雅典袭击以色列飞机的报复。事实上,这起报复事件几乎没有起到任何效果:它"引起了人们对黎巴嫩的巴勒斯坦人的极大同情,并使他们的活动更加公开化了"[3],这是可以预料到的。沃尔泽本可以通过其立场引申的一些自然结论来强化他的观点:例如,古巴突击队摧毁华盛顿国家机场的商用飞机,以报复在美国组织的恐怖分子的行为是非常恰当的。

沃尔泽还列举了一个以色列非法报复的例子,即一九五三年以色列突击队攻击约旦齐比亚村(Qibya)并杀害了四十多名村民,以回应以色列发生的一桩与该村毫无关联的恐怖分子谋杀案。沃尔泽的结论是,在本案中"杀戮是犯罪行为",但他却给出最强有力的判断,即"以色列的具体反应确实值得怀疑,因为(它)很难知道在这种情况下该怎么办"。沃尔泽从未解释,为何他对针对以色列的恐怖行为的谴责没有类似的细微差别。例如,一九五四年三月,十一名以色列人在内盖夫的一辆公共汽车上被杀;这是以色列建国以来阿拉伯人发动的最严重的恐怖主义活动。

作为回应,以色列军队袭击了约旦纳哈林村(Nahaleen,该村根本没有参与[上述恐怖主义活动]),杀害了九名村民。沃尔泽认为以色列的报复行动仅仅是"可疑的"。但为什么最初阿拉伯人发动的袭击就不是"可疑的"呢?或者,为什么不把以色列突击队也描述成"暴徒和狂热分子"——沃尔泽对阿拉伯恐怖分子的称呼(这个关于恐怖主义的描述是从《新共和》的文章中得出的)?伏击屠杀公共汽车乘客的实际肇事者,正如当时所知,是来自一个被以色列军队驱赶至沙漠地带的贝都因部落。由于以色列侵占非军事区,七千多名贝都因人在一九四九至一九五四年间遭到驱逐。当然,沃尔泽应该承认,当人们被赶出自己的家园和传统的牧场以及灌溉场所,身陷沙漠地区,一贫如洗,(他们)同样"很难知道该怎么办"——正如当成千上万的农民在过去几年里被赶出他们在同一地区被推平的村庄时一样,这是"很难知道该怎么办"的事情——正如我所写的,这些行动仍在继续,然而美国媒体保持沉默。

沃尔泽确实讨论过恐怖主义,但他的说法漏洞百出。他强调,将"恐怖主义"一词限制为"革命暴力"的趋势,是"秩序捍卫者的一个小小胜利,他们对恐怖手段的使用绝非一无所知"。近年来,这一术语如何受到限制,从而排除国家有组织的恐怖主义,这确实值得注意。沃尔泽断言:"当代恐怖主义运动最常集中在那些民族存在被彻底贬低的群体:北爱尔兰的新教徒、以色列的犹太人等等。"他接着提出了下列"精确的历史节点:严格意义上的恐怖主义,即滥杀无辜,只是在第二次世界大战之后才作为革命斗争的策略而出现"。

然而,他的"精确的历史节点"恰恰是错误的,只要看看他喜欢的例子就足以说明这一点。致力于实现梅纳赫姆·贝京的导师泽埃夫·亚博京斯基的理想及其后贝京本人理想的伊尔贡·茨瓦伊·柳米,在一九三八年七月的短短三个星期内,在对阿拉伯市场和其他公共场所的恐怖袭击中杀害了七十六名阿拉伯人。二战前有许多类似的例子:在阿拉伯电影院放置炸弹、狙击阿拉伯居民区和运载阿拉伯人的火车等等。犹太恐怖组织的宣传人员为这些胜利而欢呼。现任以色列总理所属的右翼的自由派政党的英雄是一名因向阿拉伯人的公共汽车开枪而被英国人处以绞刑的男子。

(尽管巴勒斯坦犹太社区的主要准军事力量没有系统地诉诸随机的恐怖行动,但它们也没有完全蔑视这种行动。举一个例子,在描述一九二四年哈加纳暗杀犹太教正统派诗人伊斯雷尔·雅各布·德·汉恩博士的官方历史的同一页,描述了哈加纳如何摧毁了耶路撒冷哭墙附近一个阿拉伯人的房子,以报复阿拉伯青年对犹太教信徒的骚扰;炸弹没有造成人员伤亡,"因为房子里的居民碰巧外出了"。[4])

与沃尔泽的说法相反,滥杀无辜并非战后临时爱尔兰共和军和巴解组织的发明。他关于"民族存在被彻底贬低的群体"的观点被广泛接受——但该观点对巴勒斯坦阿拉伯人的适用性,绝不亚于"以色列的犹太人"。

在沃尔泽的"道德世界"中,以色列的特殊地位也体现在他对战争惯例——一旦战争开启就适用的一套原则——的讨论中。他引用了一本以色列士兵之间对话的著作,比较一九六七年六月战争期间对美莱村下达的命令和对以色列军队进入纳布卢斯下达的命令。他认为这是有关以色列军队人道实践的最客观证据来源,这也许并不那么明显。但抛开这个问题不谈,他可能会从同一本书中选择其他例子,例如,关于被以色列军队摧毁而居民被流放的拉特伦村的例子。他甚至可能更进一步,引用以色列记者阿莫斯·凯南记录的目击者的叙述,描述军官指挥用推土机推倒了拉特伦和邻近的村庄,军官告诉他们的部队:"为什么要担心他们,他们只是阿拉伯人。"他甚至可以引用凯南的预言性结论:"田野在我们眼前变得荒芜,而那天沿着道路缓慢前行、痛哭流泪的孩子们,将是十九年后的阿拉伯突击队员。"

在该书的另一部分,沃尔泽在后记中简要评论了和平主义者对标准信条的批判,并提出了一个熟悉的观点,即非暴力措施呼吁亚·约·穆斯特所说的"敌人的基本人性",因此,当这种呼吁得不到重视时,其相关性就值得怀疑。许多和平主义理论依赖于双重心理学说:非暴力会引起共鸣,而暴力抵抗会塑造那些选择暴力的人的性格,从而消除侵略者和抵抗者之间的区别。正如穆斯特所说,"仁慈激发仁慈",而"战争(即便是正义战争)之后的问题则在于胜利者。他认为他刚刚证明了战争和暴力是值得的。但现在谁来教训他呢?"沃尔泽并没有直接阐述非暴力抵抗理论的基本前提。在我看来,它们不可能被轻易地抛弃,尽管最终它们无法得到维持。我已经在其他地方(《美国权力与新官僚》)论述过这个问题了,这里不再赘述。

沃尔泽的研究还提出了诸多其他难解和重要的问题,许多讨论都清晰易懂且内容丰富。然而,我所关注的例子揭示了一个关键的道德和智力缺陷,而这削弱了论点的大部分内容。毫无疑问,沃尔泽在赋予以色列特殊地位,并据此重建"道德世界"时,表达了美国社会的广泛共识,但这恰恰反映了时代的病态。在更早的时期,对苏联特殊地位的类似判断并不罕见。共识不是真理或正义的标准。

三　杀戮的圣谕[*]

　　总体而言,美国自由主义思想为构建和维持二战后的国际秩序提供了教义基础,也为赋予战后体制活力的民主与自由观念提供了支撑,这些观念是这几篇文章的两大主题。在这些思潮渐趋实用化以及宏大理论遭到质疑的背景下,它们往往要在具体运用中才能获得透彻的理解,而不是在被普遍回避的基础性研究中。但也不乏例外,尤其是一位知识分子因在这些问题上的洞见而格外出类拔萃,那就是莱因霍尔德·尼布尔,他受到一大批深刻塑造了当代世界秩序的人物的推崇。单从这点来讲,他的思想就值得认真关注。考虑到这几篇文章的关注点,探究尼布尔为何影响如此之大以及他在学术贡献和道德地位方面为何广受推崇就格外具有意义。最近,一部尼布尔传记及其文选问世,为回答这些问题提供了契机。[1]

　　尼布尔被誉为"本世纪最重要的知识分子和社会批评家之一"(戴维·布里翁·戴维斯),"在推动美国人建立一种将道德目的与政治现实感相结合的态度方面,其影响可能无人能及"(麦乔治·邦迪)。他是"现代美国自由主义的先哲,在美国自由主义

---

[*]　"The Divine License to Kill",载 *Grand Street*, vol.6, no.2(Winter 1987)。

圈子里地位尊崇"(保罗·罗岑),"聪慧绝伦"(克里斯托弗·拉希),"是美国顶级知识分子,也是塑造神学自由主义和政治自由主义的关键人物"(艾伦·布林克利)。据说汉斯·摩根索视其为"卡尔霍恩之后美国最重要的政治思想家"(肯尼斯·温·汤普森)。

在阿瑟·施莱辛格看来,尼布尔是"二十世纪最具洞察力、最有价值的思想家之一",是"社会福音运动和实用主义的尖锐批评者,最后却在某种意义上成为二者的重新解读者和倡导者"。他的"精妙分析……将二者去芜存菁,通过划定各自的边界而拯救了它们,并最终为二者的基本目的赋予了新的力量和新的生机"。他"仍旧是人性、历史和公共政策难题的指路明灯"。他的著述和文字"促成美国在短短一代人的时间内实现一场以美国自由主义政治思想为底色的革命",这场革命以其"孜孜以求的现实主义为美国的自由民主带来了新的力量,或毋宁说复兴了其力量之源泉,而这些源泉往往被美国革命之后的一代又一代人所忽略"。

从第二次世界大战一直到肯尼迪执政,尼布尔始终是"官方神学家"(理查德·罗韦尔斯)。他曾被《时代》周刊、《展望》周刊、《读者文摘》和《星期六晚邮报》报道,成为普通民众、政府要员和知识分子所熟知的人物,为他们所敬重(如果不是敬畏的话),上述评论可见一斑。

在罗岑看来,理查德·福克斯的细致研究是"一部关于尼布尔这位知识分子的优秀传记",但读者——至少我这个读者——对他的著述为何有这等影响仍然困惑不已。福克斯在书中往往言之不详。如戴维·布里翁·戴维斯所说,福克斯"未能成功刻绘出尼布尔最杰出作品的力量和深刻性,尤其是《人的本性与命运》;这部两卷本著作是在尼布尔一九三九年吉福德系列演讲基础上扩充而成，而福克斯仅用了寥寥数页来介绍这一广受赞誉之作。戴维斯认为，尼布尔此书"对原罪学说做出了有力的论证，并且提供了一条不必依仗神秘主义或超自然救赎即可获得的永生之路"。读者因此期待从文本中有所收获。但这本书并没有对任何东西做出有说服力的论证；如果读者被说服了，那也与论证或事实无关，因为这些并不存在。

对于那些不完全相信对"生命永恒性"的追求或尼布尔的关切要旨——"恩典具有两面性：一方面强调实现人生潜力的义务，另一方面强调一切历史性实现的局限性和堕落性"(《人的本性与命运》，下卷，第 211 页)——的人来说，尼布尔的论证实难令人信服。[2]如尼布尔所说，或许"并没有不敦促我们实现善的更高可能的同时揭示出善的历史局限性的社会或道德义务"。

但这条信息的受众，也就是那些世俗的"理性主义者"(尼布尔有时这样称他们)，会觉得这不过是陈词滥调。他们不会在下面的断言(我们很难发现尼布尔有什么论证)中发现多少力量："人的精神在神的超越性中找到了家园，在其中可以理解其自由的体现"、"它的自由的界限"以及"神创造世界并与之发生联系……证明，人的有限性和可变性从根本上说是善的，而不是恶的"(《人的本性与命运》，上卷，第 126—127 页)。他们会把"人的有限性"视为显而易见，把"可变性"视为同样显而易见的道德义务。但他们不会"证明"这种有限性和可变性"从根本上说是善的"，因为二者并非如此；他们还会发现尼布尔的"证据"并不比其他通篇辞藻华丽、时而令人印象深刻的判决说明更令人信服。

尼布尔告诉我们，正是有了"神的恩典和力量"，人作为创造物才在自然和时间的磨砺中由不重要变得重要。"最初的罪"，即"原罪"，是人"好滥用自由，高估自己的力量和重要性，无限膨胀"。"缺了基督教信仰的预设,个体的人要么不名一文,要么无所不是"(《人的本性与命运》,上卷,第 92 页)。很难想象尼布尔的世俗主义对手会惊讶于"滥用自由"或相信"个体的人要么不名一文,要么无所不是",因此试图以基督教信仰来克服这种弊端至少是没有根据的。

尼布尔敦促我们"不要让所有历史成就的罪恶污点破坏这些成就的可能性或实现历史真理和良善的义务"。这就是"恩典悖论",它可能是尼布尔最重要、影响最深远的思想。这一悖论适用于一切人类活动,而且"如果不过早地赋予实现历史意义以纯洁性,它所受的污染其实只会更少"。

找寻真理和追求正义都逃不开"恩典悖论"。找寻真理"总会受到'意识形态'的侵蚀,这使我们对真理的理解无法构成关于真理的知识,而只是我们自己的真理"。(《人的本性与命运》,下卷,第 213—214 页)在尼布尔之后的进一步阐述中,社会与历史科学也许会发现"历史发展的模式",但找寻因果关系"有其危险,原因不仅在于因果链的复杂性,还在于作为能动者的人本身就是因果纽带中的原因"。不仅如此,客观性并没有坚实的根基。历史的解读者是"自我而非心智",而且"没有一种科学方法能让自我不再进行利益考量"。我们必须在寻找真理的同时预知错误,而且要始终对其他见解和结论持有包容之心。我们绝不能"在任何时候放弃寻找缓和历史上意识形态冲突的适当科学方法,而必须认识到其力量的局限性"。(《意识形态与科学方法》,1953 年;《人的本性与命运》,下卷,第 220 页及其后数页)

"追求正义"同样如此,它和"找寻真理一样深刻地揭示了历史存在的可能性与局限性"。

基督教信仰在此同样教育我们,"历史终将实现(神的)国度,但神对一切新的实现,对败坏了所有(人类)成就的邪恶都有判决"。(《人的本性与命运》,下卷,第244、286页)我们必须认识到人的可能性与局限性。忽视前者会导致("文化领域中的")怀疑主义以及(社会生活中的)不道德脱离;忽视后者会导致"狂热",尼布尔在社会科学的"自命不凡"以及在自由主义的"宗教信仰"中有所体会,这也是贯穿其著述的正反主题,它更具体地说要靠综合体来克服,靠基督教信仰——也就是他的原罪说与赎罪说——所带来的"改革与复兴的综合体"来克服。

尼布尔接下来试图展示,关于人的可能性与局限性往往貌似有理的不同意见如何可以内嵌于一种基督教信仰。这种思想体系是否有助于理解这个问题或强化这一结论,那是另一个问题了。他的结论只能建立在这套说辞上或通过它们来理解,这种说法纯属自大。用他最中意的论战措辞说,他"证明"了上面任何一点,就像他经常宣称的那样,这实在"荒谬"。

书中的讨论遍布"证明"和"因此"这类词,暗示了一种论证的存在。因而我们在一段对自然主义的批判中读到:"然而,假如个人所逃离的永恒是一个否定一切历史并否认其重要性的未分化的存在领域,那么,正如神秘主义逻辑所明确证明的,个人就将被这种否定所吞没。因此,只有在基督教这种先知宗教中,人的个性才能留存"。(《人的本性与命运》,上卷,第69页)

"人的骄傲与力量——他惊异于自身决策对历史的影响以及自身行动对自然的力量,他发现自己就是造物主",是一种"每个人在神眼中的重要性的基督教观念"的"此世版本",这被"下列事实证明:非基督教国家和天主教国家——基督教在其文化中被古典影响所改变——均未曾实质性参与现代商业与工业文明的蓬勃发展"。(《人的本性与命运》,上卷,第66页)由于神创造这个世界并与之发生关系"证明了人的有限性和可变性从根本上说是善的,而不是恶的",那么,"启示宗教本身就因此足以帮助人理解人的自由与有限性,并理解自身的恶的特性"。(《人的本性与命运》,上卷,第127页,强调皆为我所加)

无论这种声明有何意义或价值,我们都难以在说明中找到任何与"证明"或"因此"这类词相符的东西。上面这些话还展示了尼布尔对历史漫不经心的态度。在他的思想传记中,理查德·福克斯回顾了他对待对手观点的随性作风,这些对手几乎无法从他的表述中辨识出自己的主张,而这不仅体现在难免简化的简短文字中,也体现在长篇大论中。福克斯写道,尼布尔是一位"基督教辩护士",他总是在下笔伊始先"提出令人无法接受的基督教信仰替代方案",但采取的方式是"辩论者的古老伎俩,先将对手的观点加以简化,然后再驳斥这些观点太过简化"。他有关历史话题和当代事务的著作和文章同样缺乏事实依据。

显而易见,许多人深深折服于他的思想贡献,但这不能归功于其贡献的事实内容、记录或对事实材料的明智拣选;也不能归功于贯穿始终的埋性论证,因为这几乎不存在。答案一定另在他处。一个有趣的问题随之产生:哪里? 纵观尼布尔的作品,我们基本可以提出同样的问题。由此,他反复强调,自己批判的"正反主题"实为宗教信仰,尽管是有缺陷的宗教信仰。"严格说来,"他宣称,

> 不存在世俗主义这回事。对神圣的明确否认永远包含着对一个圣域的某种含蓄确立。**对人类存在意义的任何解释都必须用到某种无法被解释的解释原则。 任何价值估算都要用到某种无法通过经验手段得出的价值标准。** 因此,仔

细考察会发现,今天公然宣称的世俗文化要么是将总体性存在等同于神圣的泛神论宗教,要么是基本上将人类理性奉为神的理性人本主义,要么是将个人或社群中的某种独特或特定的生命力奉为神(也就是奉为无条件忠诚对象)的生命论人本主义。[3]

如果不仔细推敲,我加了强调的表述看似有其道理,尽管往往缺乏论证。他所描述的两个人类活动领域,也就是找寻真理和追求正义,都依赖于远非完全建立在事实或理智之上的(这或许在所难免)解释原则和价值标准。承认这种"人的有限性"并不是什么令人耳目一新的洞见,并不必然导致他所阐明的任何后果,这些未经解释的原则和标准也不需要被"确立"为"圣域"。尼布尔那些信奉杜威主义的对手与其他对手可能将其视为暂时的想法,将在找寻真理和追求正义过程中逐渐成型,或视为我们本性的要素,为我们的想法、行动、成就和理解提供框架。这种对"神圣"的否定不会导致新的敬拜。只要这些观念合乎情理,它们就应该被视为事实上的自明之理,脱胎于十七世纪对怀疑主义危机的反应和十八世纪的启蒙运动。

"理性主义者和浪漫主义者的冲突已成为当下一大决定性难题,其宗教与政治后果实难预料",尼布尔以这句话作为吉福德系列演讲的开场白。无论是"观念论"还是"自然论","理性主义者"都面临着"浪漫派自然主义者的抗议,这些人认为,人的本质首先在于生命力,而苍白的理智和机械的自然都不是人之真谛的恰当要旨"。"简而言之,现代人无法决定他应该首先从自身理智的独特性来理解自己,还是从他与自然的亲密性来理解自己;如果是后者,那他的本质究竟主要在于自然的无害秩序与和平,还是自然的生命力？因此,现代人的某些确定性是相互冲突的;这种冲突能否在现代文化看待这一问题的预设框架内得到解决,恐怕要打个问号。"

尼布尔然后宣称,这不但有问题,而且是错误的,唯有他的先知基督教信仰才能为上述冲突提供解决方案。"事实是,在现代文化(无论是理性主义还是浪漫主义)看待这一问题的限度内,我们不可能解决生命力与形式问题,也不可能充分理解人的创造性与破坏性之间的矛盾。

尼布尔的世俗主义对手在上述讨论中同样可以找到一些意义、一些洞见,他在现代思想中所觉察到的趋势也确实存在。但现代世俗文化的预设并不要求确定性,也不需要在人类理智的独特性与承认人类是自然的一部分之间寻找对立。这种文化会在尼布尔发现矛盾和对立之处察觉到问题,甚至有可能暂时认为这些问题在某种程度上超出了人的理解能力——如果人确实是自然世界的一部分,那这个结论并不足为奇。基督教信仰也许能为尼布尔的追随者提供精神养分,但除此以外再无可说之处,而那些难以接受武断信仰的人——尼布尔并没有提供更多选择——会持续寻求真理和正义,并充分认识一个事实(实为老生常谈):许多事情超出了我们的理解力,而人类历史将永远如此。我们太容易将蒙昧主义当成博大精深了。

尼布尔的盛名不仅来自思想家身份,而且来自对社会与政治事务的参与。他的一生也确实是持续介入的一生,无论是在写作、布道还是其他活动中。在他这方面的著述中,我们基本上可以看到相同的特性:没有一个理性的人会被说服,因为证据寥寥且往往模棱两可,论证乏善可陈,且论述浮于表面。例如,任何认真的马克思主义者都不会被"寄望于彻底实现史上最高理想的乐观主义注定难逃最终的幻灭"这种见解所触动,尽管他们会惊讶地发现,"简言之,马克思就是另一种形式的空想主义"。[4]

在《反思一个时代的终结》(1934)中,尼布尔写道:"当这个时代的风暴和狂热褪去之后,当现代文明建立起一个提供了与技术时代相匹配的某些基本正义的社会体系时,人类所面临的一些老问题将再次浮现。"很难想象尼布尔不熟悉他所责难的杜威主义者和马克思主义者的相似观念。例如,此前一年,悉尼·胡克在一本以杜威主义阐释马克思思想的书中写道,马克思的"辩证法""并不认可一个完美的社会与一个完美的人终有一天会成为现实的天真信念;但也不支持既然无法完美,什么样的人或社会存在就不再重要这一相反的错误"(尼布尔后来说的"恩典悖论"的世俗版本)。[5]

胡克转述了马克思的话:"假定人在原则上是不完善的……关于人的一切制度,我们早就知道它们是不完善的",指出马克思和黑格尔一样,都认为文化的进步蕴含了将问题转向更高、更宽泛的层面上。但问题永远存在。他说道:"历史在回答老问题时,除了提出新问题,别无他法。"这和尼布尔后期的观点显然有相似之处,但无论是当时所熟知的作品,还是它的前身,均未能阻止他将马克思主义和杜威式的自由主义贬低为有赖于他的基督教信仰综合体来解决的"空想主义"。

在福克斯看来,尼布尔"对一九四〇年代智识生活的关键贡献"——这是他影响最大的时期——在于"对人类存在固有局限的阴郁论断"。他在吉福德系列演讲和政治著述在内的其他作品中如此解释:一个人应该追寻真理和正义,同时认识到在追求良善的过程中会不可避免地受到利益和邪恶的侵蚀,认识到人类历史不可能"达到圆满"。结论同样有其道理,尽管无甚高明。但在尼布尔这一时期的作品中，人们找不到什么能够（或应该）说服那些尚未因其他原因而信服的人。

当尼布尔讨论实质性政治议题时，其结论并非无可辩驳。他在《光明之子与黑暗之子》(1944)中对民主备受赞誉的辩护就是一个例子。我们也许会同意，"（一个）自由的社会要求对人的能力有一定的信心，相信他们能在各方利益之间达成短暂的、过得去的妥协，并达成某些超越一切党派利益的共有正义观"。但对当代民主或民主理念的探求并不止步于此，此书后面的泛泛而谈也没有更进一步。

阿瑟·施莱辛格（赞赏地）说，尼布尔此处的讨论对象"听起来更像是'新政'的混合经济与开放社会，而不像社会主义"。施莱辛格过分夸大了"罗斯福以民主资源应对大萧条与战争危险的妙招"。克服大萧条的是战时军事凯恩斯主义，而不是"新政"，而无论人们如何评判其优点，罗斯福在战争面前所采取的步骤都难以说是民主的榜样——正如查尔斯·比尔德在彻底否定他的一针见血的同时代作品中所指出的那样。当我们抛开"捍卫民主"的表面口号，追问（无论在抽象还是具体层面）当投资决策权掌握在私人手中，而其一切后果皆为公共政策时——更不用说私人对国家与意识形态机构的控制——民主该如何在"各方利益"之间达成妥协，施莱辛格和尼布尔对由此而产生的严肃问题均闪烁其词。

在这方面，至少可以说，尼布尔为数不多的历史评论同样令人诧异，例如他的"东方社会"以及其他非工业社会的"伟大传统文化""在诚信上的低标准"使得它们无法实现民主的结论。[6]他似乎没有意识到美国民主制度中令人印象深刻的腐败纪录可以追溯到开国元勋时代，甚至更早。[7]福克斯认为，在尼布尔对民主语焉不详的颂扬中,他显然抛弃了早年作为社会活动家和批评家时所熟知的问题和见解:"年轻时的尼布尔主张,理性永远是某种社会场景中的利益的奴隶。利益对理性的塑造体现为它为了引人关注而拣选一些话题,同时将其他话题扫入尘埃"——在尼布尔摇身一变成为官方先知时,有关民主的严肃问题便被丢弃了。

顺便说一句,有一点已不只是简单的"讽刺":就在尼布尔论述"过得去的妥协"等问题的时候,商业利益正蓄势待发,准备发起一波庞大的宣传攻势——这一波攻势在之后几年成效显著——以图削弱工会以及始于一九三〇年代的有限大众政治参与,并将公共政策牢牢置于商业主宰的"保守主义"议程中,正像他们在第一次世界大战之后以及为了应对一九六〇年代的"民主危机"而计划重启的所作所为。

尼布尔晚年疾病缠身,这使他这一时期的作品罕有新的洞见。在他的《美国历史的反讽》中,我们可以读到对悖论的反复论述,却不见多少对美国历史的洞察。"反讽"指的是期望目标和最终结果的反差;之所以"反讽",原因在于它不是简单的"偶发事件",而是包含了行动者的责任,这不同于"为了善而有意选择恶"的"悲剧性因素"。

这本书从头到尾,尼布尔都在重复那个时代的陈词滥调。他在开篇宣称:"所有人都明白我们所处的世界饱含斗争这一浅显道理。我们保卫自由,反抗暴政,努力维护正义"免受邪恶帝国的践踏。现实并不那么简单,这一点在当时显而易见,现在同样如此。就在此前一年,汉斯·摩根索写道,我们"为消灭布尔什维克主义的势力而发动的圣战"掩盖了"一场意图在道德和法律层面取缔一切倡导社会改革的运动,并由此使既有状况坚不可摧" [8] ——这种既有状况高度偏向美国社会中企业主、经理及其知识界随从的利益。这些变动的现实在尼布尔冗长且抽象的表述中几乎没有丝毫体现，就像我们历史的"清白"中不存在任何轻微的污点一样。

尼布尔写道，我们"的清白是因为对不负责任的无知"，而且"我们的文化对权力的运用和滥用知之不多"。一九〇二年，也即是"半个世纪前"，在这一年，对菲律宾人的屠杀达到其可怖的顶峰，原住民的命运在三十页之后的"我们初生的力量席卷整个大陆……并不是无罪的"（4—5、35）这句话中也没有得到充分体现。黑人、劳工、妇女和其他人对"我们的无罪"可能也有话要说——往远里说，正如"我们后院"中的受害者对我们在"权力的运用和滥用"方面的收缩并没有不为所动。

在没有任何新意的措辞下，尼布尔回顾了我们的"救世主之梦"，认为它们"很幸运地没有被权力欲所荼毒"，尽管"当然未能幸免于阻碍梦想实现的道德自负"（71）。那些碍了"我们"事的人命运如何，我们在这里无从得知，正如"救世主之梦"不会被表述者的实际想法所破坏。例如，伍德罗·威尔逊力主用国家权力为商人和工厂主"将世界打造为一个市场"："紧闭的国门必须被打开……即使心有不甘之国的主权会遭到破坏"（1907）。在尼布尔眼中，这种想法顶多是"道德自负"的体现。

尼布尔在一九五二年指出，在几个世纪的相对无罪之后，美国如今在"繁荣和美德"之间面临着"不可调和的矛盾"。"这些矛盾的发现严重威胁到了我们的文化。""因此，我们一生中首次面临"一个问题："美德和繁荣之间是否存在简单的协调关系？"（45—46）一部研究美国历史的著作，尤其是研究这段历史的"反讽"的著作，出现了这样的表述，且不说美国当时正在全世界专注捍卫"自由"和"正义"，真不知该说些什么。

尼布尔接着说,美国确实面临"道德危险",但这些危险"无关居心叵测或赤裸裸的权力欲";而在于"美德被过分倚赖时可能会变为恶行这一悖论"(133)。这是美国历史和二战后世界的教训。尼布尔觉得,联合国或许有助于克制我们对美德的过分追求,因为它"是一个即便最强盛的民主国家也必须将其政策置于世界舆论聚光灯下的机构"(136),但他不觉得美国势力大到足以保证各大国际组织对其言听计从有何不妥。当然,我们不能因为尼布尔没有预料到国际社会对华盛顿藐视国际法以及国际机构(在其不受控制时)的纵容而怪罪于他——例如,他的门徒以及整个知识界几乎异口同声地支持美国无视国际法院禁止其对尼加拉瓜"非法动武"的要求。但《美国历史的反讽》的研究者可能会说,几乎一模一样的事发生在伍德罗·威尔逊任内,美国在当时实际上解散了它一手创立的中美洲法院,当后者在尼加拉瓜问题上做出了不利于美国的判决之时。这里同样不只是"反讽",而且这些都对我们是否愿意面对不受美国操控的"世界舆论"提出了疑问。

他对美国过去和现在的描绘只是单纯的感今思昔,没有任何事实依据,也没有考虑社会与历史现实。尼布尔批评欧洲人"对我们半官方意识形态的了解多于对我们实践正义的了解"(101)。但他对历史的解读同样始终是基于自己公开的理想,而非事实或文献记录。这一缺陷不仅有损他对美国历史、政治与社会生活的记述,也有损他对我们的"无情敌人"的描绘:"具有讽刺意味的是,由于这位敌人怀揣为所有人带来幸福的幻梦,他变得更棘手、更无情"(75)。事实上,尼布尔对美国历史的"梦想""救世主愿景""无罪"和"美德"——永远"具有讽刺意味地"沾染上"人的有限性"所带来的恶——的讨论神秘又抽象。

事实上,尼布尔给出的不是贯穿始终的论证或令人信服的事实讨论,而是道德戒律。可以说,这些戒律在内容上难免寻常,无论表述得多么优美;有人可能会觉得它们抚慰人心,甚至激荡心灵,是行动和探索的有益指南。但无论如何,理性的分析或论证实在是少之又少。福克斯观察到,他在一九三〇年代"准马克思主义者"阶段的作品"强烈支持美国左翼在一九三〇年代的普遍假定:这场社会斗争将由最动听的宣传来决定,而非最令人信服的论证"(宽泛意义上的"普遍假定",例如哈罗德·拉斯韦尔在同一时期倡导"宣传"时对普遍假定的强调)。这一点在其一生的作品中都有所体现。

尼布尔一般被说成是永远的布道者。如果这是真的——在很大程度上也确实是真的——其贡献的说服力不应由他如何使用事实或档案证据、如何深入其对手立场的核心或如何为其结论提供贯穿始终的论证来判定或解释。相反,他的著述是一种劝诫,最好之处是让我们留意到我们基于自身经验或直觉判断而认为是正当或值得的观念和认识,没有这种思想刺激,我们可能不会注意到这些;最坏之处是粉饰了他郑重其事但往往不知不觉的利益。这与其说是批评,不如说是归类;它并不怀疑他的想法和结论的可信性,其中一些想法和结论——尤其是更宽泛和抽象的想法和结论——似乎合情合理,即便不是特别出乎意料、新意十足或发人深思。然而,问题是他的影响力究竟源自何处,毕竟许多评论人士和相识者对其影响之大有过切身感受,且认为他实至名归。

在其漫长而活跃的一生中,尼布尔对许多重要议题发表过观点。在一九二〇年代的底特律,他加入了基督教左翼,认为"某种形式的工业民主化以及一定程度的财产社会化是我们政治与社会生活的最终目标"。他批评工业体系的人力成本,并谴责"财富与权力高度集中在一小撮人手中"。他还批评那些持和平主义价值观的"道德理想主义者"的犬儒主义,认为这和"那些往往不得不吹捧和平与秩序之德性的人"如出一辙。种族问题对于底特律和其他地区来说始终至关重要,但据福克斯的记载,尼布尔对此避而不谈。到了一九三〇年代,尼布尔转向某种在知识界流行的马克思主义的社会主义,并接受了一个时髦的观点:由于"普通人的愚蠢",知识分子的角色是为"无产阶级"提供"必要的幻象"。

然而,在擢升为"官方神学家"后,尼布尔重拾自由主义的正统观念,此时开始熟练运用"罪之必然"教义。第二次世界大战期间,他在《国家》杂志上撰文谈全国紧急状态所要求的"更大的强制力"。他对侵害"各机构散播颠覆性宣传的自由"以及"清除异己乃至叛徒"的行动采取容忍态度,这在当时属于颇为常见的自由立场。与之类似,在第一次世界大战期间,他倡导"不折不扣的忠诚",谴责对政府审查哪怕是轻微的批评,并声明"我确实认为一个新国家有权对自己的统一保持敏感"。当然,美国在彼时并没有被一个超级大国所攻击;美国本土自从 1812 年战争之后就再也没有受到过威胁。对"反讽"感兴趣的人不妨想一下后期尼布尔派(无论是新保守主义者还是自由主义者)在当下的国家敌人面前所采取的强制力,现在的形势要严峻得多,而愤怒的批评者对此负有直接责任。

在一九四八年三月,尼布尔"确信……我们在希腊和土耳其的策略"是"绝对有必要的";他指的是当时在希腊发动的残暴的平叛运动,这一运动旨在恢复原有的秩序(包括纳粹合作者),而它的虚假借口是"保卫"希腊免于苏联入侵。福克斯注意到,尼布尔强烈支持"参议员麦卡伦和詹纳组成的参议院国土安全委员会"的行动,认为这些行动与诋毁尼布尔在"美国人争取民主行动"组织中的伙伴以及共产党人的约瑟夫·麦卡锡相比"令人赞叹"——"共产党人真的被挖了出来"。一九五六年,他谴责艾森豪威尔对以色列、法国和英国联军入侵埃及的批评立场,认为该立场有可能导致以"眼下的和平"这种虚幻利益为代价失去以色列等"战略要塞"。他始终支持以色列在一九五六年的侵犯,并在一九六七年六月评论道,"因为以色列人已经三次大胜纳赛尔与阿拉伯部落(原文如此)",他希望"替这个将古老的信仰与超凡的战争艺术结合起来的小国感谢主"。不难窥见他的态度何以使其在二战后的知识界大受欢迎。

在他对事实和论证的回避中,以及这种做法所带来的赞誉中,尼布尔谨遵游戏规则,享受着一切忠于正统者所受赐的荣光。不愿加入此阵营的人则需要更加严格的标准——这也许对他们是好事。他的言辞所引发的敬畏在某种程度上反映了主流知识界文化的肤浅和浅薄,这或许也是所有时代和地点的共性。但如果要解释他的"官方神学家"的地位,我们还必须关注他的劝诫所留下的教诲。

福克斯指出,与其说肯尼迪派的自由主义者"利用"尼布尔的名字,不如说他们觉得受惠于他的视角。他帮助他们维系对各自的信仰,对各自在艰难时世——他称之为罪恶世界——中作为政治行动者的信仰。风险巨大,敌人狡猾,责任意味着冒险:有德者须知难而上,尼布尔如此教诲。

这确实是有用的教诲,尼布尔在早年也是这样教的。一九三九年,在尼布尔以胜利者姿态到访英国时,"一首有感而发的五行打油诗……流传开来,"福克斯写道,"在斯旺尼克,当尼布尔离开后/一个小伙子叫喊'我懂了!/既然我无法行正义之举/我今晚必须找到/该犯的罪——并犯下这个罪'。"

不可避免的"所有历史成就的罪恶污点","为了善而有意选择恶"的必要性,这些学说宽慰了那些打算"直面权力的责任"——说得浅显一点就是走上犯罪生涯——的人,那些力图在我们压倒性的财富和他人的赤贫之间"维持差距"的"知难而上"的人。"维持差距"是乔治·凯南的犀利表述,他在一九四八年的一份秘密文件中敦促我们放下理想主义口号,准备"跟直截了当的权力概念打交道"。

这就是尼布尔的巨大影响力和成功的秘诀。

四　"未经同意的同意":对民主理论与实践的反思 *1

眼下正值反思美国民主核心问题的好时机。一九九六年总统初选已经结束,两位候选人正处在决战阶段。总统初选一如既往地受到媒体广泛关注。竞选耗资之巨也是史无前例,远超一九九二年,尽管竞逐的只有一场提名。但这场初选缺了几样东西,而这些东西可能是最值得我们思考的地方。

首先缺的是选民。除了四分之一选民参与投票的新罕布什尔州,在罗伯特·多尔获胜的初选中,投票率从 3% 到 11% 不等,共计一百万左右的选票投给多尔。《纽约时报》选举分析师理查德·伯克说,这场冷清的选举"仓促上马,未及深思熟虑",而且不出意料地偏向富人。无论发生了什么,它似乎和大部分人没什么关系。

两位总统候选人之间也没有什么显著差异。二人(事实上)皆为共和党温和派和资深的政界圈内人,基本上都是企业界的候选人。比尔·克林顿就职几个月之后,《华尔街日报》的头条故事

＊ "Consent without Consent: Reflections on the Theory and Practice of Democracy," *Cleveland State Law Review*, vol.44, no.4(1996).——原注

以赞许的语气说总统正在"向大企业示好,或几近于讨好"。这则故事的标题是《不可能的盟友》,但正如这则报道所默认的,它和克林顿先前的记录或竞选宣言相距甚远。《华尔街日报》高兴地说:"在一个又一个议题上,克林顿先生及其班子与美国企业站在一起,"令大公司的首席执行官们兴高采烈,为"我们跟这届政府的关系比前几届政府好得多"而欢欣鼓舞,一位首席执行官这样描述。

一年过后,《华尔街日报》热情未减。"克林顿的记录令人惊讶地偏向企业,而且立场居中",它以毫无必要的困惑语气写道。在共和党议员的帮助下,"特殊利益"已经在他身上找到了"突破口",以取悦美国商会、企业说客、保险公司等机构。《华盛顿邮报》指出,在民主党人同时掌控总统宝座和国会席位的情况下,只有"个别特殊利益栽了跟斗",那就是在过去两年"乏善可陈"的工会,而"企业界如土匪般赚得盆满钵满",几乎实现了所有目标,并屡屡挫败劳工人士和进步派的动议。[2]

金里奇派共和党人在一九九四年十一月竞选中的险胜大大提升了士气。《商业周刊》一年后如此说道:"大多数公司高管觉得第一百零四届国会对企业界来说是个里程碑:此前从未有如此多的宝贝如此热情地抛给美国的创业家。"标题是《回到战壕》——胃口不减,随后就是有意思的愿望清单。[3]这一消息传给了华盛顿的企业说客,他们的数量从二十五年前的三百六十五人攀升至一九八〇年代末的两万三千人。企业律师的数量以同样的速度扩张;其他意在克服"民主危机"的项目也层出不穷,这种"危机"发端于一九六〇年代,彼时一些本应服服帖帖的人试图进入公共领域。

有了这些盟友,企业界无暇等待克林顿式的支持。当罗恩·

布朗在一九九六年四月因飞机失事遇难时,《华尔街日报》评论道:"美国企业界失去了它在政府部门最孜孜不倦、最理直气壮的支持者,这位支持者将声援企业视为自己的标志性使命。"可尽管布朗"孜孜不倦地效力于美国企业",新闻标题写道,他"从企业界得到的回报寥寥无几"。考虑到彼时政治体系中的备选项,这并不奇怪。[4]

然而,商界领袖在一九九三年能找到的最佳人选,尚是一个始终跟他们步调一致的人。到了一九九六年,如果有一个候选人处在优于里根与布什和对美国企业界更忠诚之间,他们就已经很满意了。

《华尔街日报》在一九九三年十一月对克林顿出乎意料的乖巧行为做了报道,比我刚才所说更为微妙。它指出,和通常的民主党人总统一样,克林顿倾向于"取悦大公司,而非众多小企业主"。《华尔街日报》划出了一条多年来贯穿美国政治系统的断层线,这条断层线将资本密集型、高科技、国际导向的企业与其他行业区分开来——大致体现为美国商业委员会、美国商界圆桌会与美国商会、全国制造商协会之间的差异。后者往往规模不"小",但在特质上有所不同。企业界的广泛共识长期奠定了政治体系的框架,但仍可见内部差异,此即一例,托马斯·弗格森的重要研究也阐明了这一点。[5]

再看一九九六年的初选,金钱和造势比比皆是,选民却并不踊跃,结果也无甚差别。公众的态度进一步揭示了民主体系的运转情况。超过八成的民众觉得政府"效力于一小撮人和特殊利益,而非人民",而在早些年,只有五成左右的民众对类似问题持这一立场。逾八成民众相信经济系统"本身就不公平",劳动人民对于国家大事人微言轻。逾七成民众觉得"企业在美国人生活的太多方面获得了过大的权力"，而且"从政府放松管制中所获好处比消费者多"。三分之二的民众认为，"美国梦"从一九八〇年代以来变得"更加难以实现"。以《商业周刊》所说的"95∶5的惊人比例"，民众相信企业"有时应该牺牲部分利润，以改善工人和社区的境遇"。[6]民调很少看到这般数字。

与罗斯福新政以来的态势相符，公众态度在重要维度上仍固守社会民主主义。[7]在一九九四年国会选举的前夜，六成民众希望社会支出有所增加。[8]一年后，八成民众认为"联邦政府必须通过保障最低生活标准和提供社会利益来保护社会上最弱势的人，尤其是穷人和老人"。八到九成的美国人支持（其中绝大部分"强烈"支持）联邦政府向那些无法工作的人提供公共协助、失业保险、面向老人的补贴处方药和养老院服务、最低水平的医疗以及社会保障。四分之三的美国人支持向低收入在职母亲提供联邦政府保障的儿童保育。近三分之二的人认为共和党人提议的税收减免"将落到不需要它的人手上"。[9]考虑到人们不断听闻以及被发号施令般灌输的内容，这些态度的韧性格外引人注目。

公众态度与初选记录的一致性启发我们得出若干结论，这并不新鲜。但这次的结论不同寻常，不同于《华尔街日报》的通常结论。后者在一九九二年报道，83%的民众认为富人更富，穷人更穷，"经济系统本身就不公平"。得出的结论是，人们对"他们收入可观的政客"感到愤怒，希望民众而非政府获得更多权力。如此解读民众对经济系统的不满情绪，这折射出理论机构试图灌输到民众心智中的两个基本原则。首先，政府不可能做到"民有、民治、民享"，不可能关切他们的利益，也不可能服从于他们的意愿和影响；相反，政府是他们的对手。其次，私人权力不存在，即使《财富》500强几乎控制了国内经济的三分之二以及国际经济的相当份额,外加这些所带来的一切。

简而言之,作为敌人的政府和共做美国梦的人民之间存在冲突:朴素的劳动者,他忠诚的妻子(如今也许有了一份自己的工作),为了所有人的利益而辛勤劳作的行政官员,致力于向一切有需求者提供借款的友善的银行家,一片祥和,他们幸福生活的唯一破坏者是各种"外来人员"和"不够美国化的人"——工会组织者和其他"油子"。这是公共关系行业孜孜不倦地打造的图景;到了一九三〇年代,随着群众组织运动所引发的冲击粉碎了历史已在大师们的乌托邦中终结的信念,这一图景急剧扩张。尽管情况有别,这幅图景经受住了商业宣传、娱乐产业以及大多数大众与智识文化的考验。

有了如此一般性质的图景,绝大多数人认为*经济系统本身即不公平*这一事实可以这样理解:人们对富有的政客感到愤怒,希望政府不再烦扰他们,让"人民"而非他们的敌人得到"权力"。经历了过去几年极少被人意识到的猛烈宣传攻势,这一结论不能说大错特错。这一结论甚至有其道理,如果我们接受它暗含的预设:不可能有一个服务于大众利益的民主政府(尽管为私人权力所操控的可能性要高得多的州政府并不算太糟糕);人们和睦相处,这与亚当·斯密及许多后世学者似乎秉持以及美国企业界坚信不疑的阶级冲突观相反,后者强烈的阶级意识及其对阶级战争的执着不同寻常,而商界领袖经常对这种信念不加掩饰。他们长期以来都在警告"实业家"在"新近成为现实的大众政治权力"中所"面临的危险",以及需要发动并打赢"夺取人心的永恒之战","向公民灌输资本主义故事",直到"他们能高度准确地重复这一故事";诸如此类,滔滔不绝,持之以恒,这方面付出的努力无疑是现代历史一大核心主题。[10]

当堤坝在一九九六年大选的初选阶段终于溃决时,众人对一个以民粹主义者面目出现的煽动家在阶级战线上发出诉求感到切实的惊讶和警惕,这是对斗士技巧的致敬,他们正在打着一场持久的战争。《纽约时报》评论员贾森·德帕尔认为,帕特·布坎南在"阶级战"中"开辟了第二战线"。在此之前,不开心的人通过针对"福利家庭、移民以及平权行动的受益者"来表达他们的愤怒和懊恼。但时至今日,他们发现了老板、经理、投资者、投机者甚至阶级冲突,这些都是过去遭到忽视的我们和谐社会的特征。[11]

关注点在其他方面的人可能早几年就有此发现;比如在一九七八年,当全美汽车工人联合会主席道格·弗雷泽指责商业领袖"选择在这个国家发动一场单方向的阶级战争——面向劳动人民、失业者、穷人、少数族裔、年幼者与年长者,甚至我们社会中的许多中产阶级成员的战争",并"违反且抛弃增长与进步时期存在的脆弱的不成文约定"。[12]或者再往前二十年,在劳工新闻社仍普遍存在时,用它自己的话说,在迎击企业"向美国人民兜售大公司的美德"的进犯并提供商业媒体这一"御用报刊最烈毒药"——这种媒体以"抓住一切机会指责劳工并精心粉饰真正掌控国家的银行与工业大亨的罪行"[13]为己任——的"解药"时。也可以一直往前推,从很久以前的工业革命说起。

梅格·格林菲尔德在《新闻周刊》上发出警告,我们可能正在进入一个新的"怪罪期",从"各种各样的其他有组织的诉苦和冲突变为持续发展中的经济阶级战主题"。对于"肥猫",包括公司高管、高级经理、投资银行家以及欣欣向荣的商业世界中的其他操纵者和交易者,人们的"敌意"越来越强。这个商业世界发生着"许多……只有专业人士能明白……的事情"。搞不懂的人在寻找"一个新的全民肥猫",一个可以怪罪的人。格林菲尔德解释道,这很不幸,但可以理解:被误导的人总是会拿"恶势力……来解释他们自己的失败和悲惨",有时候是"天主教徒、犹太人和外来移民",现在则是正在将我们带入一个新世界的"操纵者和交易者"。

"迄今为止,多数美国人倾向于将自己的经济困难怪罪于大政府,"《商业周刊》编辑写道,"但他们的愤怒现在可能在一定程度上转到了大企业的身上。"许多人甚至挑战"企业在社会中的角色"。"只有傻子才会忽略这些迹象";如果企业要削弱"复兴的左翼",它们就必须考虑"成为更有责任心的企业公民的需要"。约翰·利肖在《巴伦周刊》撰文,指出"债券和股票市场之所以在过去十五年发展迅猛,关键原因在于资本对劳工的明显压制",但"声势日渐浩大"的旨在"获得一份所谓'基本生活工资'"的工人"运动",以及工人们这种"争取有保障的更大份额的自发草根行动"的偶尔成功,再也不能被熟视无睹了。[14]

引起更大震惊和不安的是另一个发现:几乎20∶1的公众认为,经济的主宰者没有履行他们对工人和社区的职责。这一反应值得关注。

值得重点关注的是,在曾经的和谐融洽遭到被误导的茫然公众和见利忘义的政客破坏之后,公共话语多了一系列选项。在这场有责任感的辩论中,光谱的一端认为私有经济的统治者应该无情地逐利,另一端则认为这些统治者应当成为更仁慈的专制者。

这个光谱缺了一些其他的可能项,例如托马斯·杰斐逊的观点。杰斐逊曾警告一种后果不堪设想的"由贵族构成的、建立在银行机构和富有公司基础上的单一而精妙的政府"的兴起,这种政府使少数人"驾驭和掌控被打劫的农夫以及贫困的自耕农",在不受约束时(正如后来发生的那样),毁坏民主并使某种专制主义卷土重来。还有阿列克西·德·托克维尔,他和杰斐逊与亚当·斯密一样,都将结果上的平等视为一个自由、正义社会的重要特征。他看到了"结果上的永远不平等"的危险,以及民主终结的危险——如果"我们亲眼看到其成长的实业贵族",也就是"世界上有史以来最严酷的贵族",得以为所欲为。

另一位是二十世纪美国社会哲学泰斗约翰·杜威,他认为我们无法在一种私人权力的政体中严肃地谈论民主。"权力如今体现为对生产、交换、宣传、交通和传播方式的掌控",他写道,"无论谁拥有了这些,就掌管了这个国家的命脉",而只要这个国家由"追逐私人利润的企业通过对银行业、土地、工业的私人控制,再加上对媒体、媒体经纪人以及其他公关与宣传手段的掌管"而进行统治,政治就只不过是"大企业在社会的投影"。为了纠正这种对自由与民主的根本性侵害,工人必须成为"自身工业命运的主人",而非雇主租借的简单工具——这种观点可以追溯到古典自由主义的发端。除非工业从"封建社会秩序"变为"民主社会秩序",奠基于工人的控制权之上,否则民主可能是虚有其表而无甚内涵。[15]

这种观念同样流行于美国工业发展早期的劳工媒体,手艺人、"工厂女孩"和其他工人在彼时畅所欲言,反对"发家致富、唯我独尊这种当代新精神"。他们奋力维护自己的尊严、自由和文化,所有这些都受到"严酷的实业贵族"的破坏。他们没有央求贵族变得更仁慈,而是否认贵族的合法性,宣布其无权严酷或仁慈。他们拒绝承认贵族在经济、社会和政治领域有裁夺权。和许多年后的杜威一样,他们主张"在工厂工作的人理应成为工厂的所有者",唯有如此才有望实现真正的民主。[16]

所有这些都"和苹果派一样是纯正的美国味",与说不清道不明的激进知识分子无关,并且是货真价实的美国历史的重要一页。但这一切都消失了,即便光谱拓宽,将下面这种观点也接纳进来:《财富》500强企业应该更加善待其员工——或许应该加以收买,以特殊税收优惠来约束"企业的贪婪",一些更富冒险精神的人如此建议。

除了其内在的不合法性,仁慈的贵族还提出了实际问题。游戏的主宰者随时可以叫停,顷刻间变得冷酷无情。富有启示意义的是"福利资本主义"的历史,它本由统治者发起,意在抵抗民主所面临的威胁,之后却因不再方便或不再被视为有必要而遭到废止,这在当下再次上演。和一百五十年前的东马萨诸塞州工人相比,这个教训在今天同样显而易见。

让我们回到总统初选,更仔细地看一下少了什么。

据政治评论员詹姆斯·佩里在《华尔街日报》上的报道,参议员菲尔·格拉姆已经退出,他"资金充足的竞选活动"首先戛然而止。[17]佩里注意到,格拉姆的退出尤其值得一提,因为他是"总统候选人中保守派唯一的旗手",而保守派在一九九四年的"历史性夺权"被视为将重塑相当长一段时期的政治格局,扭转令人憎恶的社会契约,再现快乐的一八九〇年代和咆哮的一九二〇年代的光辉岁月——托马斯·弗格森观察到,通过"完全不适用于民主制度"的方法,彼时"资本对劳工的明显压制"看上去已经坚不可摧。[18]

共和党议员的溃败是这场大选"最残酷的反讽",佩里如是说。他正确地注意到了这些有趣的事实,但任何关注民调的人都不会对这些事实感到意外,因为民调结果始终显示,民众并不赞同金里奇派共和党人的竞选纲领。

几天后,《华尔街日报》政治评论员阿尔伯特·亨特指出,在新罕布什尔州的总统初选中,"几乎没有人提到纽特·金里奇或《美利坚契约》*",也没有多少人触碰"政坛经济保守派"所钟爱的议题。[19]没错,但同样不出人意料。在一九九四年十一月,没有多少选民听说过《美利坚契约》,而在被告知其特点后,绝大部分选民表达了反对意见。毫不奇怪的是,当政客不得不面对公众时,竞选纲领就变成了他们手里"烫手的山芋",被弃置一旁;更准确地说,他们对其一言不发。这不算残酷的反讽,而是简单的现实主义,就像之前的竞选纲领只是投公众所好一样——至少只要"巨兽"(亚历山大·汉密尔顿曾愤怒地如此称呼民主派所推崇的"人民")能保持安静并被关在笼子里。[20]

关于这场初选里消失的东西,最戏剧性的例子或许是联邦债务和赤字。"再也没有人大谈平衡预算",佩里写道,尽管这在几周前还是最关键的议题,并反复迫使政府关门大吉,因为两大政党就这一任务应该在七年还是更长一段时间内完成而争得不可开交。各方都赞同总统的宣告:"我们要明确无误;当然,我们当然需要平衡预算。"[21]然而,一旦再也无法对公众置之不理,这一话题就烟消云散了。或者用《华尔街日报》的话说,选民"已经不再'痴迷'于平衡预算"——民调始终显示,一旦知晓平衡预算的后果,大部分选民对此持反对态度。[22]

准确说来,一些公众确实和两大政党一样"痴迷"于平衡预算。一九九五年八月,5%的人口将赤字列为最重要的全国性问题,和无家可归问题的位次一样。[23]但一些有分量的人恰好在痴迷于预算的5%之内。《商业周刊》在报道一项对高级经理人的民调

---

* Contract with America,是美国共和党联邦众议员在纽特·金里奇的领导下,于1994年9月27日签署的文件,提出了共和党众议院计划在第104届国会(1995—1996)前100天推行的立法措施。

时宣布:"美国企业已经发话:平衡联邦预算。"[24]当企业发话时,政界和媒体也纷纷表态,告知公众"美国人将票投给平衡预算",并详细列出按照公众意愿需要削减(以及民调中持续遭到坚决反对)的社会支出。[25]

难怪当政客们再也无法逃避时,这一议题已销声匿迹。或者说该议程以一种有趣的双面方式继续得到贯彻,一方面是不得民心的社会支出削减,另一方面是军费预算增加,六个人中仅有一人支持,但这两方面均得到商界的鼎力支持。原因不难理解,尤其是当我们认识到国防系统的国内角色时:将公共资金转移到先进工业部门;如此一来,比方说,纽特·金里奇的富人选民就能比任何郊区选民在联邦系统之外获得更多联邦补贴,使他们在其领袖声讨"保姆国家"、赞美创业价值观和坚定的个人主义的同时避开市场的残酷竞争。

一九九四年十一月之后的标准故事是,金里奇的自由市场拥趸对民调所驱动的《美利坚契约》孜孜以求。从一开始就很清楚,事实并非如此,并且这种欺诈如今也得到了部分承认。在一次新闻发布会上,金里奇派共和党人的民调专家弗兰克·伦茨解释道,当他向记者保证大部分美国人都支持这十条契约的每一条时,他的意思是人们喜欢这些用来包装的口号。例如,对焦点小组的研究显示,公众反对废除医疗卫生系统,希望"为下一代……保留、保护和加强"这一系统。所以"废除"被包装成"一个为老年人保留和保护医疗保险,并为婴儿潮一代做好准备的解决方案"(金里奇的话)。罗伯特·多尔进一步强调,共和党人将"保留并保护好"医疗卫生系统。[26]

在一个令人咋舌的近乎商业主宰的社会,这一切都再自然不过,因为根据最近的一项研究,其营销开支数额庞大,达到每年一万亿美元,占一九九二年国内生产总值的六分之一,而这些开支多数可以减免税收,因此在态度和行为上受到操控的人还要为此买单。[27]这些是已趋成熟的创造人为需求、管理态度、控制"公众思维"的诸多手段中的一小部分。

公共关系领域的权威爱德华·伯奈斯在一本行业手册的篇首写道:"蓄意且巧妙地操控大众有组织的习惯和意见是民主社会的一大要素。""但显而易见,需要持续地、系统地利用宣传的是聪明的少数人",因为只有这些"微不足道"的少数人才能"理解大众的心智过程和社会模式",从而可以"暗中操纵公众思维"。通过对"基本运行无阻的……公开竞争"的公开承诺,我们的"社会已经同意将自由竞争的组织工作交给领导人和宣传部门",这种"机制操控公众思维",让少数聪明人"塑造大众的思维,将他们新获得的力量引向少数人所中意的方向",从而"以一种和军队管制士兵身体一模一样的方式管制公众思维"。[28]这种"营造同意"的过程正是"民主过程的内核",伯奈斯在二十年后得出此结论,之后不久他获得美国心理学会一九四九年的贡献表彰。

作为好心的罗斯福自由派,伯奈斯在伍德罗·威尔逊的公众信息委员会(克里尔委员会)——美国首个国家级宣传机构——接受历练。"当然,是战时宣传的惊人成功让所有行当中的少数聪明人认识到了管制公众思维的可能性",伯奈斯在论宣传的公关手册中如此解释。威尔逊曾在打出"不胜利,无和平"旗号后出兵欧洲,克里尔委员会是这场运动的官方机构,在这场运动中,知识分子"出任这一美国总统有史以来最伟大事业之一的忠诚的、有用的解读者"(《新共和》)。如这些知识分子后来所说,他们的功绩是在关于德国佬暴行的无形之罪以及其他手段的协助下,"将他们的意愿强加给心有不甘或无动于衷的多数人",不知不觉中成为将自身使命秘密界定为"引导世界上大多数人思想"的英国信息部的工具。

这些都是好心的威尔逊主义。威尔逊本人的观点是,需要有"崇高理想"的绅士精英挺身而出,维护"稳定和正义"。[29]同一年,克里尔委员会的另一位资深委员沃尔特·李普曼在关于民主的几篇影响深远的文章中解释道,"勇挑重担"的少数聪明人必须控制决策过程。这一"公众人"的"专门阶级"负有"打造正确的舆论"以及制定政策的责任,同时必须让那些无法处理"实质性问题"的"无知的、爱管闲事的局外人"安分守己。公众必须"被放到正确的位置上":它在民主中的"职能"是"行动的旁观者",而非参与者,只能在定期的选举中"作为某个掌权者的党羽与之结盟"。

在《社会科学百科全书》中关于"宣传"的条目中,现代政治学的奠基者哈罗德·拉斯韦尔警告说,聪明的少数人必须了解"大众的……无知和愚昧",而不能向"人是自身利益最佳判官的民主教条主义"低头。为了民众自身的好处,他们必须受到控制;在民主程度更高的社会,社会管理者缺乏必要的强制力,他们就必须求助于一种基本依靠宣传手段的"全新控制技术"。

当然,这里有一个隐含的前提:这些"聪明的少数人"必须聪明到足以理解谁真正掌权,不像尤金·德布斯那样因未能认识到威尔逊的丰功伟绩而饱受牢狱之苦。再往前推若干年,《纽约时报》将德布斯描述为"人类公敌",要求"制止他的不良教导所引发的混乱"。确实引发了混乱,在历史学家戴维·蒙哥马利所描述的"建立在工人抗议声之上"的"极不民主的美国"。[30]

这些主题同样适用于当下。例如,哈佛大学的政府管理学教授在里根时代初期就解释道:"为了兜售(干涉或其他军事行动),

你可能要创造一种你的对手是苏联的错误印象。从杜鲁门主义开始,美国一直是这么做的。"[31]必须"兜售"给不情愿的公众的不仅仅是暴力。他们的"职能"还包括担负起"自由企业"的成本和风险。公众的责任在二战后呈现出新的形式,彼时的商业界认识到,发达的工业"无法安然存在于一个纯粹的、竞争性的、没有补贴的'自由企业'经济中",而"政府是他们唯一能找到的救星"(《财富》《商业周刊》)。商界领袖明白,必要的经济刺激可以有其他形式,但是相比民主化与再分配后果不受欢迎的社会支出来说,国防系统具有许多优势;可以通过"制造(关于冷战的)错误印象"把公众管好,认识到这一点并非难事。杜鲁门的空军秘书长深谙其道,提议在必须诱使无知的、爱管闲事的局外人同意让救世主将成本与风险社会化时,将用词从"补贴"改为"保障"。几乎所有发达工业经济的活跃部门都依赖这些手段。[32]

里根主义者也明白这些道理,他们的保护主义打破了战后的记录,并以标准的战后方式大幅增加对发达工业的公共补贴。时至今日,传统基金会*、金里奇和其他向七岁儿童宣讲市场规则的优点却同时力主国防预算超越当前冷战层次的人当然也心知肚明,原因不再是俄国人图谋不轨,而是在原先的敌人成为听话的盟友,甚至为美国生产武器的同时,出现了新的威胁。因为"第三世界冲突在技术上日益复杂",国防部必须维持其庞大的规模,布什政府在柏林墙倒塌几个月后对国会如此解释,并强调必须强化"国防工业基础",鼓励"向新设施和装备以及研发的投资"。

不久,政府大大增加了向第三世界派遣的美国军队,从而凸显了正在取代约翰·菲·肯尼迪所说的"庞大且无情的阴谋"的

---

* Heritage Fouhdation,美国著名保守派智库。

新威胁。据媒体报道,克林顿政府更进一步,首次决定"将美国武器制造商的运营以及国内经济的形势纳入向外出售武器的决策考量";很自然的一步,既然苏联这个托辞不复存在,就必须更诚实地面对事实。

向非民主国家出售装备——这并不少见,即便是最宽松的"民主"标准——受到96%的民众反对。军备开支经常被说成是"岗位计划",但公众似乎并不买账,或许公众对"岗位"一词意味着"控制公众思维的新技术"所带来的利润这一点并非一无所知。[33]

维护"稳定和正义"在国外依旧问题严峻。比如在本世纪初被视为有可能成为"南方巨人"的巴西,它在一九四五年听命于美国,成为华盛顿"出于自身利益以及对世界资本主义体系之福祉的责任所构想"的"现代工业发展科学方法的试验田"。[34]在一九六〇年出访巴西时,艾森豪威尔总统对五十万听众许诺:"我们富有社会责任感的私人企业体系造福所有人,无论是企业主还是工人。……在自由的阳光下,巴西工人正在幸福地展现民主制度下的生活之喜乐。"艾森豪威尔的大使约翰·卡伯特·穆尔斯数月前在里约热内卢对听众说,美国已经"打碎了南美洲的旧秩序",并引入了"免费义务教育、法律面前人人平等、一定程度上的无阶级社会、负责任的民主政府体系、自由竞争的企业(以及)优良的大众生活标准等革命性思想"。

但巴西人对好运并不领情,并猛烈抨击北方导师所带来的好消息。国务卿约翰·福斯特·杜勒斯对国家安全委员会说,拉美的精英"就像小孩子一样,几乎没有自我管理能力"。更糟糕的是,"在控制简单民族的思维和情绪方面,美国完完全全落后于苏联"。[35]几周后,杜勒斯再一次表达了对共产党人"控制大众运动的能力"的忧虑,认为这种能力"是我们无法复制的"。"他们吸引的是穷人,而富人永远是他们的抢劫对象。"[36]不久之后,华盛顿就被迫采取更严厉的措施来维护稳定和正义。

试图为全世界的儿童带去民主的人重任在身,因此,华盛顿"推广民主的冲动"往往收效不佳而且停留在口头上也不出意料(语出托马斯·卡罗瑟斯,他当时在考察里根时代华盛顿对民主的推广运动,并认为这场活动"真心实意",但基本以失败而告终)。

里根政府的"民主援助项目"(一九八五年至一九八八年在国务院法律顾问办公室工作的卡罗瑟斯以"内部人视角"对此做出回顾)寻求维护"至少从历史角度看颇为不民主的社会的基本秩序",并力图避免有可能"扰乱既有经济与政治秩序并走向左倾"的"基于民粹主义的变动"。美国继续"将支持民主的政策作为缓解更激进变动之压力的手段"——就像"福利资本主义"和民主改革在国内是被心有不甘地接受一样——"但不可避免地寻求仅仅是有限的、自上而下的民主变动,这种变动不会扰乱美国长期盟友的传统结构"。"不可避免"这个词语气过重,但政策是自然的、意料之中的、按部就班的,并且与通行的民主观相吻合。同样,民主的进展与美国的影响呈负相关关系,这一点也并不出奇,正如卡罗瑟斯所指出的那样。[37]

国际机构也面临类似的问题。起初,出于显而易见的原因,联合国是美国政策的可靠工具,而且地位尊崇。但去殖民化带来了所谓的"多数人的暴政",从一九六〇年代起,美国不得不带头否决安理会的决议(英国其次,法国以较大差距位居第三),并独自或与几个附庸国一起向联合国大会的决议投反对票。联合国被打入冷宫,而复杂之处在于,现在是联合国反对美国(而不是反过来),华盛顿不再铁定有"自动多数票"(语出《纽约时报》驻联合国通讯员理查德·伯恩斯坦,他将国际规范的恶化归咎于联合国的"结构本身和政治文化"以及美国人缺乏外交技巧)。[38]

到了一九八〇年代,出于类似原因,美国不得不拒绝接受国际法院的强制管辖权。根据国务院法务顾问亚伯拉罕·索费尔的解释,当美国接受这种管辖权时,大部分联合国成员国都"是美国的盟友,而且和美国具有一样的国际秩序观"。但好景不再。如今"许多成员国并不支持我们对《联合国宪章》最初宪法观的看法",而"这些占多数的国家经常在重大国际问题上和美国唱反调"。因此,我们必须"保留决定国际法院在具体情况下是否对我们有管辖权的权力",这和一九四六年的"康纳利保留条款"是一致的,该条款"规定美国不接受对任何涉及美国确认属于其国内管辖权内事务之纠纷的强制管辖"——在这个例子中,它指的是美国对尼加拉瓜的行动,这一行动后来被国际法院谴责为"非法使用武力"。[39]

全国刑事辩护律师协会会长罗伯特·福格尔内斯特指出了国内的一个类似情况。在讨论加州允许陪审团做出非全体一致裁决的动议时,他转述了加州地区检察官协会代表的话,这些代表"谴责所谓'社会共识缺失'的增长,并将'这一共同体内部的差异'"列为动议的理由。福格尔内斯特认为,现在的新情况是"妇女、有色人种、移民、同性恋者、政治异见者,甚至律师,都前所未有地大摇大摆坐在陪审团席位上"。[40]这一分析的论证方式与对国际机构以及"传统权力结构"所面临挑战的分析大体相同:如果它们不能维护"稳定和正义",民主实践就必须让路。

无论是国内还是国外,这些同样都"和苹果派一样是纯正的美国味"。社会学家富兰克林·亨利·吉丁斯一语中的,彼时正值世纪之交,美国正在解放菲律宾,同时将几十万人从人生的苦难与艰辛中解放出来——或者按照媒体的说法,"以英国特色杀戮原住民",以让这些抵抗我们的"误入歧途的家伙"至少"给我们的武器一些尊重",并在将来认识到我们希望给他们带来"自由"和"幸福",至少对于那些从其强迫我们进行的"大规模杀戮"中幸存的人来说。

为了用妥当的文明语调解释这一切,吉丁斯构思了"未经同意的同意"概念:"时过境迁,如果(被殖民者)看到并承认有纠葛的关系是为了最高的利益,我们也许有理由说,权威是经被统治者同意后强加于他们之上的",就像父母不让子女在车水马龙的马路上乱跑一样。[41]

这种有用的概念还被法院所采用。从而,当工人因为俄亥俄州的工厂迁至劳动力更便宜的州而失业时,他们的上诉被第六巡回上诉法院驳回,该法院指出,"美国各州各县相互争夺打算迁址的公司",而劳动法既不"劝阻这种迁址",也不禁止北美自由贸易协定的构想:关闭有工会的工厂并"在国内其他地方或国外设立没有工会的工厂"。不仅如此,国会和法院

> 已经做出了社会判决,那就是我们的资本主义制度虽然也许具有达尔文主义色彩,却不会劝阻公司基于自身对效率和竞争力要素计算的迁址,无论这一判决是对是错。市场规则起着决定作用。根据当下的法律与经济理论,通过体现商业利益,政府机构效力于社会整体的最大长期利益。这是本国决定遵循的基本社会政策。[42]

"本国已经决定不走"这条道路,除非我们借助于人民"未经同意的同意"。"市场规则起决定作用"或这一制度具有"达尔文主义

色彩"（就"社会达尔文主义"和生物学没有多少关系的本意而言）都和事实相去甚远——劳动人民、穷人和体弱者除外，他们确实是国会与法院所制定的社会政策的管理对象，这些政策在杜威的"阴影"下运作，而这些人也许对"法律与经济理论"致力于"社会整体的长期最佳利益"的历史性贡献有自己的看法。

那么，只要正确理解了"同意"的概念，我们就可以得出结论：在公众反对声中实施商业计划，这经过了"被统治者的同意"，是一种"未经同意的同意"。同理，"社会已经同意"授予"领导人和宣传部门领导人和宣传部门"以"塑造大众的思维"的权威，从而这些人能够在我们的自由社会执行任务，就像军纪严明的部队士兵一样。将这一点以适当的方式告知"无知的、爱管闲事的局外人"是重任在身者艰巨劳神的任务，尤其当公众需要执行与某个理解"更高利益"的"党羽进行结盟"的定期任务时。政治系统的情况是这样；经济治理却并非如此，因为它必须牢牢掌握在几乎无需担责的权力系统中。

公众偏好和公共政策之间往往存在差距。近些年来，这种差距日益显著，国际经济变动已经使仁慈的贵族在"福利资本主义"方面的姿态变得多此一举，或者说人们是这样认为的，直到一九九六年初出现了"阶级斗争第二战线"的不祥征兆。

"未经同意的同意"问题并非在现代美国第一次出现。大卫·休谟在《论政府的首要建基原则》中总结道，无论在哪个社会，"统治者除了公众信念的支持，别无依靠。因此政府是完全建基在公众信念之上的。这一箴言既适用于最自由、最受欢迎的政府，也适用于最专制和军事化的政府"*。然而，正如拉斯韦尔和

---

* 此处译文参考了［英］休谟：《休谟政治论文选》，张若衡译，北京：商务印书馆，2010年，第19页，但有局部改动。

其他人所说，越是受欢迎的政府，就越需要精妙的手段来控制公众思维，包括某些应对"被统治者的同意"原则的姿态。弗朗西斯·哈奇森强调，当统治者强制推行一项被"愚蠢"且"褊狭"的人民反对的合理计划时，只要有"充分合理的推断，认为（人民）在短暂的波折后会完全同意这一计划"[43]，从而做出了"未经同意的同意"，这一原则就没有遭到侵犯。

然而，人民往往顽固不化，这造成了反复出现的"民主危机"。遏制民主的威胁，这一问题在休谟和哈奇森之前一个世纪的第一波民主浪潮时就已出现。根据他们印发的小册子，彼时的下层群众不愿被国王或议会所统治，而希望由"像我们、懂我们的乡下人"来统治他们，因为"如果爵士和绅士为我们制定法律，而法律试图激发恐惧，意在压迫我们，却不知人民的疾苦，这永远不是一个好的世界"。这种思想在近现代历史上屡见不鲜[44]，让重任在身者忧心忡忡，就像十八世纪英格兰"最优秀的人"一样。有人曾解释，在当时，那些人准备赋予人民权利，但要在合理范围之内，并基于"当我们说人民时，我们指的不是那些一无所知、杂乱无章的人"的原则。一个世纪之后，约翰·伦道夫用几乎一模一样的话再次表达了这种态度："当我说公众时……我只包括那些有理性的人。无知的俗人不配说三道四，因为他们没有能力管理政府。"[45]

美国的经验虽然不是独一无二，但如果我们希望理解今日与明日的世界，它无疑是最有趣、最重要的个案。一来是美国的国力和地位，二来是其稳定且悠久的民主机构。而且美国是我们能想到的最接近一张白板的国家。美国可以"随心所欲"，托马斯·潘恩在一七七六年说，"她有一张可供书写的白纸"。原住民社会基本被消灭殆尽。相比较而言，美国也少有早期欧洲结构或纯正保守主义传统的残留,这也许是通常源于前资本主义制度的社会契约与支持体系相对弱势的原因之一。社会政治秩序是不同寻常的有意设计的产物。历史研究无法构建实验,但美国是最接近国家资本主义民主的"理想个案"。

不仅如此,作为政治思想家的首席设计师不仅机敏老练,而且耳聪目明,其看法被广泛接受,并获得学术界的认真关注(结论不一)。[46]在为乔治·华盛顿撰写就职演说时,詹姆斯·麦迪逊不仅雄辩地支持"维护神圣的自由之火",而且回应并重塑了指导近现代民主时期重任在身者思想的关注点。在制宪会议的辩论中,他指出,"在今日之英格兰,如果所有阶级的人民均可参加选举,土地所有者的财产将失去保障。不久就会出现一部土地法",这将侵犯财产权。为了抵抗这种不义,"我们的政府理应在革新面前保障本国的恒久利益",对选举和制衡做出规划,以"保护富足的少数人免受多数人的侵犯"。[47]

在麦迪逊"保护少数人免受多数人侵犯其权利的决心"中,兰斯·班宁评论道,"毋庸置疑,他格外关心的是少数的有产者"。基于这一考虑,麦迪逊认为"参议院应当来自并代表国民的财富",也就是"比较能干的人",并且应该对民主规则加以其他限制。在受麦迪逊影响的弗吉尼亚方案中,上院旨在"确保持续保护少数人和其他公共物品的权利",班宁写道。但在实践中,受到保护甚至被视为"公共物品"的只是某些少数人的权利:有财产的、富足的少数人。

麦迪逊对于宪法体系所确立的财产权首要地位的信奉是如此显而易见,甚至体现在某些其他表述中,这些表述意在说明他"在会上与其他人截然有别",因为他赋予"人民的统治权"以等同于"对财产权的保护"的重要性(语出班宁)。例如,班宁注意到,麦迪逊终身恪守自己"公正自由的政府既保护财产的权利,也保护人的权利"的格言。然而,这种构想具有误导性。没有"财产权",只有"对于财产的权利",这些是人所享有的一系列权利(例如言论自由)中的一种。财产权与其他权利还有一点不同:一个人占有财产,就剥夺了另一个人对该财产的相同权利。因此,麦迪逊所信奉的原则实则主张,一个公正自由的政府应当保护所有人的权利,但必须为一个阶级提供特殊的、额外的保证,那就是有产者,从而保护富足的少数人免受多数人的侵犯。

民主的威胁将日渐凸显,因为"为了生计而风雨无阻的劳动者"很可能有所增加,这些人只能"暗自渴望好运降临",而麦迪逊在一七八七年六月的一场演说中预料到了这一点。或许受谢斯起义的影响,他警告说,"平等的选举法"可能迟早会将权力转到这些人手中。"本国尚未在土地方面有所企图,"他指出,"但平均主义的迹象⋯⋯已经在某些场合足够明显,这警示我们未来的危险。简言之,穷人有可能重拾其'劫富'的历史志业,这在将来会阻碍美国'发展出控制简单民族的思维和情感的手段'"。[48]

麦迪逊预见到,"打造一个我们希望世代相传的体系"有一个基本问题,那就是确保实际的统治者是富足的少数人,以"保障财产权(指特权者对于财产的权利)免于选举权之平等化和普遍化的危险,免于财产的生杀大权落到那些无产者手里的危险"。那些"没有财产或没有希望获得财产的人",他在一八二九年反思道,"不可能对财产的权利抱有足够的同情心,不可能放心将权力交给他们"。解决之道是确保社会的碎片化,确保公众在政治上参与度有限,使政治有效地掌握在富人及其代理人手中。在现代麦迪逊主义学者中,兰斯·班宁是最坚定地支持麦迪逊的民众统治立场的,但他仍然同意戈登·伍德的看法,认为"《宪法》究其本质是一份贵族文件,意在制衡当时的民主趋势",将权力交给"更好"的人,并将"那些不富有、非显赫出身或非政治大权在握者"排除在外。[49]

我已经考察过的现代版本虽然位于光谱的自由派这一侧,剔除了被贴上"保守主义"标签的反动变体,呼吁增强"社群"和"市民社会"——却有着狭隘的理解。参与市民社会意味着有一份工作,去教堂被鼓励为具有"比劳工骚动更高远的见识",正如约翰·戴·洛克菲勒最欣赏的布道家在一个世纪以前说的那样[50],否则就终日忙碌,远离应由权贵执掌的公共领域。不仅如此,权贵有充分的理由隐而不见。"美国的权力设计者必须打造一股能感觉到却看不见的力量,"塞缪尔·亨廷顿在解释就苏联威胁问题欺骗公众的必要性时给出理由,"权力在黑暗中才能保持强大,一旦暴露在阳光下就会开始蒸发。"[51]

这种对时下流行的民主概念向麦迪逊的探源存在重要的不公平性。与亚当·斯密和其他古典自由主义奠基人一样,麦迪逊生活在资本主义时代以前,对"新时代精神:发家致富,崇尚自我"并无多少同情心,这一精神在其死后不久就透露了革命在新英格兰地区败给劳动群众的信号。"在我们今天几乎无法想象的程度上",麦迪逊"是一位十八世纪的荣誉绅士",班宁如此评论。他希望由"开明的政治家"和"仁慈的哲学家"共同掌权。这些在理想状况下"纯粹且高尚"的"有智慧、有爱国心、有财产、有独立性的人"将是"天选之人才,其智慧将敏锐洞察国家的真正利益,其爱国心和正义感将保证正义不受短期或局部考虑的侵害"。他们因此会"改进"和"拓宽……公众的观点",保护公众利益不受民主制度下多数派的"损害"。

麦迪逊很快发现并非如此,因为就像亚当·斯密所描述的那样，"富足的少数人"着手用新获得的权力来追求自己"可鄙的座右铭"："一切利己，毫不利人"。到了一七九二年，麦迪逊发出警告，认为汉密尔顿式的发展型资本主义国家将是一个"以私人利益之考量替代公共责任"的政府，将导致"一种看似多数人之自由的真正少数人的支配"。几个月前，麦迪逊在致信杰斐逊时对"前所未有的时代堕落"痛心疾首，因为"股票经济人将成为政府的执政官——既是政府的工具，也是政府的暴君；被政府的赏赐所收买，同时以叫嚣与合作来恐吓政府"。他们将在社会中投下我们所谓"政治"的阴影，这是约翰·杜威后来提出的另一个可追溯至亚当·斯密的真理。

过去的两百年风云变幻，但麦迪逊的警告依然发人深省，并在本世纪初获得巨大权力的庞大且基本无需担责的私有暴政——杰斐逊所说的"银行机构与金融公司"——背景下产生新的意义。它们在内部结构上模仿极权主义形式，从基本由它们支配的州获取大量"赏赐"，并实际控制了国内和国际经济，以及信息与学说体系，这令人想到麦迪逊的另一个担忧："（一个）没有大众信息或其获取手段的大众政府，只是一场闹剧或悲剧（或二者兼备）的序幕。"

这些现实并不隐蔽，因此任何关于市场民主成功的讨论都和真实世界有一定距离。关于民主，这一点似乎对大多数人足够明确，无论他们是否理解"能感觉到却看不见"的力量。就市场来说，这里没法做出严肃分析，但毫无疑问的是，当"美国和日本一半以上的国际贸易以及英国八成以上的制成品出口"都发生在"企业内部而非国际间"[52]，受明显看得见的手的指导，有各种逃避市场规则的手段，谈论市场和贸易肯定具有误导性。当商业媒体找不到足够华丽的辞藻来形容一九九〇年代"令人目眩"的"惊人"利润增长时,当《商业周刊》文章标题宣布"眼下的问题:这么多现金怎么办",因为"美国企业界的保险柜已经容不下飙升的利润",股息正在节节上涨时,谈论"过紧日子"肯定具有误导性。当劳工统计局估计美国公司"主管、经理和管理层"人数从一九八三年到一九九三年间增长了近三成[53],同时公司主管的报酬猛涨(轻松保持其相对于劳动力成本的国际领先地位)——这显然与绩效没有多少关联,谈论"裁员"给所有人带来的磨难肯定具有误导性。[54]

同样,当美国在西半球(加拿大除外)向外直接投资的头号对象(占四分之一)是百慕大,另外的 20% 流向其他避税国,其余大部分流向墨西哥等对"华盛顿共识"唯命是从的"经济奇迹国",而绝大多数国家并未分到鲜美的一杯羹时,似乎有必要对颂扬"新兴市场"奇迹有所警惕。[55]

事实上,"资本主义"和"市场"概念就像民主一样,似乎正在从人们的意识中消失。这里不妨举几个例子。

《华尔街日报》的头版报道在讨论各州为了招商引资而做出的"决定性选择"时,曾比较过两个例子:"反商业形象"的马里兰和"对企业增长更上心"、对"创业家的选择"更同情的"偏向共和党"的弗吉尼亚。为什么是这两个例子? 其实,真正的关注对象不是马里兰和弗吉尼亚,而是大华盛顿地区,该地区跻身于"美国高科技新兴公司最佳驻地"。华盛顿郊区确实遵循了不同的商业策略:在马里兰,他们依靠医学、药物和生物技术领域联邦开支所提供的"强大经济引擎",弗吉尼亚则押宝国防系统这棵传统的摇钱树。乔治·梅森大学的一位资深研究员观察道,弗吉尼亚州更保守的价值观遇上"好运",成为更明智的选择:指靠"死亡科学"的创业家比以为"生命科学"将带来更多公共资助的创业家更为成功。《华尔街日报》指出，"弗吉尼亚胜出"，利用"美国政府在计算机系统和网络、通信与信息技术以及军事采购方面的庞大预算，打造了高技术公司"在美国最大的集群之一"。[56]

"企业家的选择"化约为盆满钵满的公共资助选项，好似置身于"拥有光纤计算机和喷气式飞机的诺曼·罗克韦尔*世界"中，就像其国会代表纽特·金里奇所描述的那样，其中保守主义通过尸位素餐而"繁荣壮大。"[57]

在《外交事务》杂志上，哈佛大学肯尼迪政府学院院长约瑟夫·奈和海军上将威廉·欧文斯撰文指出，美国的全球实力被低估了。华盛顿外交有一种未被注意到的"在国际事务中获得期望结果的新能力"，一种来自"美国民主与自由市场吸引力"的"实力杠杆"；更具体地说，来自使美国工业得以支配"重要通信与信息处理技术"的"冷战投资"。[58]因此，以"防卫"为幌子从公众身上榨取的巨额补贴实为敬献民主与自由市场的贡物。

波士顿国际律师拉里·施瓦茨说，"一些声誉卓著的自由市场学者"得出结论，硅谷和波士顿128号公路可能展现了"在前共产主义经济体中贯彻市场原则"的最佳方式，体现为它们的"风险资本家、创业家、熟练工人、大学、支撑服务与创业家和供应商网络之间的互动体系"——以及不知何故已经消失的公共补贴，或许它被想当然为"自由企业"的重要特征。[59]

约翰·卡西迪关于"中产阶级"困顿的详实报告同样关注"收入再分配会前所未有地流向富人"，结论为"这不是任何人的错；资本主义必然如此"。这是由"智慧无边无际但不可捉摸的自

---

* Norman Rockwell(1894—1978)，美国著名画家，作品以记录20世纪美国社会发展与变迁著称于世。

由市场所决定的",而"政客们终有一天会幡然醒悟并接受这一事实",抛弃这种自然现象可以改变的借口。他的研究提到了三家公司:麦克唐奈·道格拉斯*、格鲁曼和休斯飞机,每家公司都是向智慧无边无际且不可捉摸的市场的鼓舞人心的致敬,正如克林顿在亚太经合组织西雅图峰会上为了展现其对自由市场未来"宏大愿景"所做的选择(波音),或金里奇的挚爱(洛克希德-马丁公司),或在《商业周刊》一九九五年1 000强名单上"继续占据美国最有价值公司榜首位置"的企业(通用电气),等等。[60]

当然,并不是只有美国奉行经济自由主义的观念,虽然其空谈家可能是主倡。联合国一九九二年的《人类发展报告》指出,前五分之一的富国和后五分之一的穷国之间的差距自一九六〇年以来翻了一倍,这在很大程度上归因于富国的保护主义措施。一九九四年的《人类发展报告》认为,这些措施在乌拉圭回合中始终存在,进而指出:"通过违反自由贸易原则,工业国家每年给发展中国家造成约五百亿美元的损失——几乎相当于对外援助的总量"——其中有许多是获得公开补贴的出口奖励。

一项细致的近期研究从领军("核心")企业而非国家角度看待这个问题,发现"几乎世界上所有最大的核心企业都经受过政府政策或贸易壁垒对其策略和竞争地位的决定性影响"。"国际竞争从来没有'公平竞争的环境'",该项研究如实指出,"未来是否会有这种环境也值得怀疑"。政府干预"在过去两个世纪是常态,而非特例……并在许多产品和过程创新的发展与扩散中扮演了关键角色——尤其是航空、电子、现代农业、材料技术、能源和运输技术",以及电信与宽泛意义上的信息技术,还有早期的纺织

---

* McDonnell Douglas,一般简称为"麦道",1997年被波音公司收购。

和钢铁。大体说来，"(超)国家政府政策，尤其是国防计划，一直是塑造世界级大公司的策略和竞争力的压倒性力量"。事实上，"在一九九三年的《财富》100 强中，至少有二十家公司若非各自政府出手相助"，若非"在关键重组期"将其损失社会化或直接由国家接管，"将根本无法作为独立公司生存下去"。其中之一是洛克希德，金里奇所在的极度保守选区的最大雇主，该公司因尼克松政府提供的二十亿美元联邦贷款担保而起死回生。[61]

必须指出的是，这些都不稀奇。几个世纪以前，英格兰一边向印度宣扬市场的奇效，一边对其大肆掠夺，并拼命保护自己的工商业。它在美洲的前殖民地在独立后就立即如法炮制，其他能做出相对独立的选择的国家同样如此。有史以来，"最优秀的人"和"重任在身者"就很少荒废他们的志业。

虽然历史总在可鄙地重演，乐观（我认为这完全有可能）的人可以察觉出缓慢的进步，而如今并不比过去任何时候更有理由相信我们受到神秘的未知社会法则的制约，而非仅仅是受制于人类意志的机构做出的决策。

五　简单的真理，难解的问题：关于恐怖、正义和自卫的一些思考*

为了打消任何不实的期待，说实话，我打算遵循简简单单的事实，甚至曾建议将这个标题戏称为《老生常谈的赞美》，并事先就这些话的基本性质表示歉意。沿着这条思路前行的唯一理由是，这些老生常谈遭到广泛地排斥，在一些关键的案例中几乎无一幸免。这将会对人类产生严重的后果，尤其是在我脑海中盘旋的那些难解的问题。这些问题之所以难解，是因为这些道德上的常理，通常被那些有足够权力的人蔑视且不受惩罚，因为他们制定了规则。

我们刚刚目睹了一个他们如何制定规则的戏剧性例子。上一个千年已经结束，新的千年已经来临。西方知识分子自我吹捧，无以复加。他们赞美自己和他们的领袖，带着"神圣光芒"进入了外交政策的"高尚阶段"。他们一举一动都出于"纯粹的利他主义"目的，并且追随"旨在终结非人道的理想主义新世界"的指引，因此在历史上破天荒第一次遵守了"原则和价值"。这个真正

---

* 2004 年 11 月 15 日在纽约大学所做的弗鲁姆克斯讲座（Frumkes Lecture）。——原注

崇高的使命,唯有其忠诚的伙伴理解并且参与其中。如今这个使命已经进一步演变为"布什的救世主使命,把民主嫁接到世界各地"——所有这些都引自精英媒体和知识分子。我不确定在现代知识精英不那么光荣的历史中有没有类似的人物。最崇高的成就是一九九〇年代的"规范革命",它确立了"国际事务中新的规范":那些自我声称的"开明国家"有权诉诸武力,去保护苦难深重的人们免遭邪恶魔鬼的伤害。[1]

凡是熟悉历史的人都知道,"规范革命"不过是旧瓶新酒;它是欧洲帝国主义惯常的老调重弹,正如内部文件披露,日本法西斯主义者、墨索里尼、希特勒以及其他大人物的高谈阔论也同样高尚,很可能也同样真诚。他们唱着一个调子,自我喝彩,然而为这个调子辩护的例子,一经检验就会土崩瓦解。但是我想提出一个不同的问题,有关规则的建立:为什么"规范革命"发生在一九九〇年代,而不是一九七〇年代?难道选在一九九〇年代更合情合理吗?

印度入侵东巴基斯坦开启了一九七〇年代,这一举动拯救了大约数百万人的生命。越南入侵柬埔寨,在红色高棉惨无人道的行为达到巅峰之时,将他们赶下台,结束了一九七〇年代。

在此之前,根据国务院情报部门(也是目前最知情的情报来源部门)估计,有数万或数十万人死亡,不是因为"大规模的清算",而是源于"残酷的剧烈变更"——足以令人震惊了,但是仍然没有接近美国高级官员一九七五年的预测,有一百万人可能死于早些年的轰炸和暴行。相关学术文献已经讨论了这些后果,但是最简单的叙述或许莫过于亨利·基辛格的一纸电文。亨利·基辛格本着一贯的官僚作风,用电文传达了尼克松总统给军事指挥官的命令:"在柬埔寨实施大规模轰炸。出动所有的飞机,炸毁任何移动目标。"[2]战争罪行的叫嚣如此赤裸裸且明目张胆,实属罕见,而肇事者对此轻描淡写,却被认为正常,此事就是一例。这件事的公布没有引起任何反应。然而到了越南入侵的时候,对红色高棉的指控——自一九七五年四月红色高棉接管那一刻起,民愤载道——终于言之可信。因此,一九七〇年代确实是由两起军事干预终止可怕罪行的真实事件为背景的。

即使我们接受一九九〇年代对"开明国家"领导人的奉承中最极端的说法,也没有任何东西能够与一九七〇年代诉诸武力所造成的人道主义后果相提并论。那么为什么在那十年,沐浴在"神圣光芒"中的救世主们所推行的外交政策,却未能产生"规范革命"? 答案路人皆知,但显然不能道明。至少,在有关这个话题的大量文献资料中,我从来没看到任何蛛丝马迹。一九七〇年代的军事干预有两个根本缺陷:(1)干预是由错误的代理人实施的,是他们而不是我们;(2)两次干预都受到开明国家领袖的强烈谴责,终止种族灭绝肇事者的罪行受到了严厉惩罚,尤其是越南。接踵而至的是严厉制裁,以及美英对下了台的红色高棉的直接支持。因此,一九七〇年代不可能带来一场"规范革命",也没有人曾经如此建议。

指导原则是最基本的。规范则由强国建立,符合他们的利益,并且得到有责任的知识分子的喝彩。这些或许与历史上的普遍现象相差无几。多年来我一直在寻找例外,有例外,但是不多。

有时候,原则会得到明确的承认。二战后,国际司法的准则在纽伦堡确立。为了将纳粹罪犯绳之以法,有必要对"战争罪"和"危害人类罪"进行定义。首席公诉律师、国际著名律师和历史学家特尔福德·泰勒,坦率地解释了定义的过程:

既然双方在二战中都参与了毁灭城市的可怕游戏——盟军更为成功——对德国人和日本人的刑事指控就没有了依据。事实上，没有提出过类似的指控……盟军和轴心国都执行了大规模的、惨无人道的空中轰炸，所以不论在纽伦堡还是在东京，空中轰炸没有成为审判的一部分。[3]

"犯罪"的有效定义是："你实施了罪行，但是我们没有。"为了强调这个事实，如果辩方能够证明，他们的美国对手也实施了同样的罪行，纳粹战犯就会被宣告无罪。

　　泰勒的结论是，"惩罚敌人——特别是战败的敌人——如果执法国家也从事了同样行为，这将造成极大的不公正，法律本身也不足为信"。这是正确的，但是有效定义使法律本身不足为信，也败坏了所有后续特别法庭的名誉。泰勒提供这个背景，是他解释美国轰炸越南为什么不构成战争罪的一部分原因。他的论点貌似有理，进一步败坏了法律本身。后来的一些特别法庭之所以信誉扫地，其原因更为离谱。例如南斯拉夫对北约的案件，现在正在由国际法院判决。美国得以开脱，其辩解的依据是，在这件事上美国不受国际法院司法管辖，原因是美国在签署《种族灭绝公约》（此处有争议）时提出一项保留条款，该公约不适用于美国。

　　司法部律师们举例证明，总统有权授权酷刑。对他们的良苦用心，作为助理国务卿的耶鲁法学院院长霍华德·高曾向国际社会提出，华盛顿政府谴责任何形式的酷刑，他愤慨地发表评论："总统拥有允许酷刑的宪法权力的见解，不啻在说他有实施种族灭绝的宪法权力。"[4]同样是这些法律顾问，他们应该不难力争总统确实有这种权利。

　　国际法和司法领域的杰出人物，通常将纽伦堡特别法庭形容为"普遍司法管辖权的诞生"[5]。此话没错，只要我们按照开明国家的惯例去理解"普遍性"，即"普遍"的定义"只适用于他人"，特别是敌人。在纽伦堡以及纽伦堡之后，合情合理的结论本该是惩罚被征服的敌人，也惩罚战胜者。无论在战后的审判中，还是在后来的审判中，强国都没有受到规则的约束，并不是因为他们没有犯罪——他们当然犯了——而是因为在盛行的道德标准下，他们得到了豁免。受害者似乎心知肚明。来自伊拉克的电讯报道说，"如果伊拉克人看到萨达姆·侯赛因受审，他们要他的前美国盟友也被铐在他身边"。[6]这一不可想象的事件将彻底修正国际正义的基本原则：特别法庭必须局限在为他人的罪行所设。

无足轻重的例外也有，实际上这强调了规则的约束力。惩罚是允许的，只要无关痛痒而逃避真正的罪行，或者只要将责任归咎于小人物，尤其是只要他们不是我们的同类。例如，惩罚实施美莱村大屠杀*的士兵被认为合情合理。这些教育不全、智力不全、身处战场的大兵，不知道谁会接下来朝他们开枪。与惠勒/瓦拉瓦军事行动**相比，美莱村大屠杀是个微不足道的脚注。但是要想惩罚那些计划和实施惠勒/瓦拉瓦行动的高层，简直是天方夜谭。[7]那些和我们一样坐在空调办公室里的貌恭之人，因此根据定义得到豁免。目前我们目睹发生在伊拉克的事如出一辙。

我们可以回到相关的基辛格传达尼克松轰炸柬埔寨命令的

---

* 美莱村大屠杀发生在越战期间的 1968 年 3 月 16 日，越南广南省美莱村。当时美军老虎部队怀疑村民掩护越共逃亡，对该村进行屠杀，男女老幼无一幸免，亦有女性被轮奸、尸体被肢解之事。

** 惠勒和瓦拉瓦是越战期间于 1967 年 9 月 11 日同时发动的两个军事行动，于 1968 年 11 月结束。这两个军事行动于 1967 年 11 月合并为惠勒/瓦拉瓦行动。美莱村大屠杀就是在这个军事行动中发生的。

电文。相比之下，广泛报道的塞尔维亚承认参与斯雷布雷尼察大屠杀＊一事，不值得兴师动众。米洛舍维奇特别法庭的检察官，要想证明种族灭绝罪困难重重，因为没有发现任何文件能证明被告直接下达了此类弥天大罪的命令，甚至连较轻的罪行的命令也没有。研究大屠杀的学者也面临同样的问题。他们对希特勒的责任当然没有丝毫怀疑，但缺乏确凿的直接文件。然而，假设有人发掘出一份文件，其中米洛舍维奇命令塞尔维亚空军将波斯尼亚或科索沃夷为废墟，上面写着"出动所有的飞机，炸毁任何移动目标"。他的检察官会欣喜若狂，审判将结束，米洛舍维奇由于种族灭绝罪将被判处多个连续的无期徒刑——如果遵循美国的惯例，则是死刑。事实上，人们很难在任何历史记录中发现这样一个明确无误的实行种族灭绝的命令——种族灭绝这个措辞目前仅用来指代敌人的罪行。轰炸柬埔寨一事，在世界主要报纸偶然提及之后，人们没有任何继续探究的兴趣，尽管这些令人发指的后果众所周知。没错，如果我们默许压倒一切的原则，我们不可能——根据定义——犯下罪行或对罪行负有任何责任。

道德常理是普遍性的原则，应是无可争议的：我们应该用衡量他人的标准来衡量自己——实际上应该以更严格的标准。对每个人来说，这应该是没有争议的；对世界上最重要的公民，即开明国家的领导人来说，尤其如此。这些人宣称自己是虔诚的基督徒，献身于福音教义，因此一定熟悉教义中著名的对伪君子的谴责。他们对上帝戒律的忠诚不容置疑。据报道，乔治·布什曾宣告，"上帝告诉我打击基地组织，我打击了基地组织，接着上帝指

＊ 斯雷布雷尼察大屠杀是第二次世界大战后发生在欧洲的最严重的一次屠杀行为。位于海牙的前南斯拉夫国际刑事法庭将此次屠杀定性为种族灭绝，其后国际法庭也将此确认为种族灭绝。

示我打击萨达姆,我照做了"。"现在我下决心去解决中东地区的问题",[8]这也是受命于万军之主,即战神,而《圣经》教导我们崇拜战神,要胜过其他众神。正如我提到的,精英媒体尽职尽责地将他解决中东问题称为"救世主使命"。事实上,用总统的话说,是世界追随我们的"历史责任,去驱逐世界的邪恶"。布什"前景"中的核心原则与奥萨马·本·拉登的同出一辙,两人都在抄袭古老的史诗和孩子的童话故事。

我对托尼·布莱尔的言论了解不足,不知道他离这一理想有多接近——这种理想在英美历史中广为人知。北美早期的英国殖民者,听从了耶和华的话,在"新以色列"屠杀亚玛力人,将他们从当地的瘟疫中解救出来。追随他们的人,也是挥舞《圣经》、敬畏上帝的基督徒,履行他们的宗教责任,征服并且占有应许之地,驱逐了数以百万计的迦南人,接着在佛罗里达、墨西哥和加利福尼亚对天主教徒发起了战争。他们自始至终在保护自己免受"惨无人道的印第安野蛮人"的伤害——正如《独立宣言》所宣示的,乔治三世对他们发动了战争——在另一些时候免受"逃跑的黑鬼和无法无天的印第安人"的伤害,根据约翰·昆西·亚当斯在美国历史上最著名的政府文件中的说法,他们正在攻击无辜的美国人。这些文字记载,为安德鲁·杰克逊于一八一八年征服佛罗里达以及发动大开杀戒的塞米诺尔战争 * 提供了依据。该事件由于其他一些原因具有一定意义:它是第一次行政战争,违反了只有国会才能宣战的宪法要求,到目前为止,这成了完完全全的规范,很少有人注意到——这些规范是依照传统建立的。

---

* 塞米诺尔战争指内战前美国和佛罗里达州塞米诺尔人之间的三场战争,分别发生在 1817 年、1835 年、1855 年。战争的结果是白人开发并且定居在塞米诺尔人的理想之地。

在他的晚年,他那些骇人听闻的所作所为早已成为过去,亚当斯确实对那个不幸种族的命运深感痛惜:"我们惨无人道,背信弃义,将那些美洲原住民赶尽杀绝。"亚当斯相信,这是"这个国家令人发指的罪行之一,我相信上帝总有一天会对此进行审判。"第一任美国作战部部长多年前就曾警告:"未来的历史学家可能会对这种毁灭人类种族的动机打上黑色的记号。"但是他们错了。上帝和历史学家迟迟未能完成这项任务。

与布什和布莱尔不同,我不能代替上帝说话,但历史学家会用凡人的语言跟我们说话。有一个典型的例子。两个月前,美国一位最杰出的历史学家顺便提到,在征服国家领土中"消灭了数十万原住民"——除了有趣的措辞选择外,误差高达十倍。公众的反应为零。如果我们读到德国主要报纸偶然评论说,二次世界大战期间,数十万犹太人被消灭了,反应就会有所不同。一位备受尊敬的外交历史学家,在一部权威作品中解释说,殖民者摆脱英国统治后"集中精力砍伐树木和印第安人,集中精力划定边界"。[9]对此解释,也同样没有反应。在学术界、媒体、教科书、电影和其他地方,此类例子成倍增加,唾手可得。运动队通常以漫画形象,将种族灭绝的受害者当作吉祥物。毁灭性武器不加斟酌地取了类似的名字:阿帕奇、黑鹰、科曼切直升机,战斧导弹,等等*。如果纳粹德国空军将其致命武器命名为"犹太人"和"吉卜赛人",我们会怎么反应?

英国的所作所为大同小异。英国追求它的神圣使命,在非洲传播福音;同时在印度实行"上帝神秘地交到他们手中的托管",

---

* 阿帕奇和科曼切都是美国印第安部落的名称,分别位于美国西南部和中部的俄克拉何马州。黑鹰为印第安人索克族领袖,后发动反抗白人的黑鹰战争。战斧导弹起源于印第安人的战斧名称。

这在"上帝和财神似乎是天生一对"的国家,不难理解。[10]德高望重、学识渊博的人士为这一宗教信条提供了世俗版本,最突出莫过于约翰·斯图尔特·密尔为英国罪行明目张胆的系统辩护。文章写于英国在印度和中国的罪行达到顶峰之时,现在被认为是"干涉人道主义"的经典史料。我们应当注意到,当时还存在不同的声音。理查德·科布登控诉英国在印度的罪行,并且表达了他的希望,"在英国一直得以回避的国家良知,通过及时的赎罪、赔偿以及对帝国罪恶应有的惩罚,在为时太晚之前从昏睡中唤醒,结束我们在印度每前进一步所施行的暴力和不公正行为"——与亚当·斯密相呼应。亚当·斯密强烈谴责"欧洲人的野蛮不公正",特别是在印度的英国人。科布登承认,他们的大陆同伴在行为、否认和自我标榜方面,有过之而无不及,他的希望难免落空,唯有空叹而已。

在引用科布登时,我们可能会想起他的另一句格言,在今天也非常适用,也有资格作为道德常理:"如果一个人知道借出的钱是用于杀人的,他便没有权力贷款。"[11]——或者换一句话说,无权出售这些刀具。有关主要开明国家的惯常行为,不需要一个广泛的研究项目,就能得出与之相应的结论。

如果我们放弃道德常理最基本的因素,并且宣称自己独一无二地豁免于普遍性原则,那么知识阶层的共同反应,除了一些值得记住的例外,是十分自然的。我们也习以为常。我们每天都会看到新的例证。美国参议院刚刚表示同意,任命约翰·内格罗蓬特担任驻伊拉克大使,授权他世界上最大的外交使命,具体的任务是把主权移交给伊拉克人,以实现布什的"救世主前景",将民主带给中东和世界。我们被郑重告知这一消息。这一任命直接影响到普遍性原则,但是在讨论这一点之前,就有关证据和结论,我们可能对其他常理提出一些质疑。

　　入侵伊拉克的目标是为了实现总统的救世主前景。这一点仅仅是新闻报道和评论的预设，甚至在一些批评人士看来也是如此。批评人士警告说，这种"高尚"和"慷慨"的前景可能非我们力所能及。正如伦敦的《经济学人》几周前提出的问题一样，将伊拉克变成其邻国"鼓舞人心的（民主）榜样"的"美国使命"，正面临重重阻碍。[12]无论在美国媒体的大量搜索，还是在其他地方少量的搜索，除了通常的一些皮毛之外，我一直未能发现任何例外。

　　人们可能会去探究，为什么西方知识分子明显地、几乎一致地接受这种主义。调查很快就会显示，接受这种主义基于两个原则。首先，我们的领导人对此已经宣布，所以一定是真的，这一原则在朝鲜和其他主要模式中并不陌生。第二，我们必须隐瞒这样一个事实，即我们的领导人在其他借口崩溃之后宣告这个主义，也即是同时宣布他们是历史上最有成就的骗子之一。在带领他们的国家走向战争时，他们理直气壮地宣布，"唯一的问题"在于萨达姆是否放下武器。但是我们现在必须相信他们。

　　我们也有必要发掘记忆漏洞深处的新闻报道，其中丰富地记载着为愚昧无知带来民主、正义和自由的那些自诩的崇高努力。同样，领导人口口声声的仁义道德，仅仅是常理而已，毫无新意，即使在技术层面上：完全是意料之中的东西，包括十恶不赦的魔鬼。但是，一旦面临放弃普遍性原则的压倒性需求，这种常理会黯然失色。

　　西方评论所预设的信条也被一些伊拉克人接受：根据美国去年十月在巴格达的民意调查，1%的人认同，入侵的目的是给伊拉克带来民主——远远早于发生在今年四月惨无人道的行为和所揭露的酷刑。另有5%的人感到，其目的是帮助伊拉克人。其余的人中,大部分理所当然地认为,其目的是获取对伊拉克资源的控制,利用伊拉克,作为为了美国利益在中东进行重组的基地[13]——这种想法在开明的西方评论中完全是禁忌之言,或者被无视,或被斥为危言耸听的"反美主义"、"阴谋论"、"激进和极端主义",或者其他等同于知识层面话语的脏话。

简而言之,伊拉克人似乎理所当然地认为,他们对当前正在拉开序幕的场景并不陌生。当年英国创建现代伊拉克,也是伴随着大言不惭的仁义道德,不出所料,因此空洞无物,但当时还伴随着内部的秘密文件。文件中,柯曾勋爵和外交部制订了建立"阿拉伯门面"的计划,英国将在各种"宪法虚构"的幕后进行统治。当代的版本是由一位英国高级官员提供的,《每日电讯报》引用了他的话:"伊拉克政府将拥有完全的主权,而在实践中,它不会行使其所有的主权职能。"[14]

让我们回到内格罗蓬特和普遍性原则。当他的任命抵达国会时,《华尔街日报》称赞他是一个"现代总督"。一九八〇年代,他在洪都拉斯练就了这一行。他是里根时代任职的华盛顿目前在职人员。资深的《华尔街日报》记者卡拉·安妮·罗宾斯提醒我们,他在洪都拉斯主管拉丁美洲第二大大使馆,以及世界上最大的中情局基地,在洪都拉斯以"总督"闻名——也许是为了将主权完整转移到这个世界强国的中心。[15]

罗宾斯评论说,人权活动人士批评内格罗蓬特"掩盖洪都拉斯军方滥用职权"——大规模国家恐怖的委婉说法——"确保美国援助流向"这个至关重要的国家,也即是"华盛顿对尼加拉瓜秘密战争的基地"。内格罗蓬特总督的主要任务是监督整个基地,确保恐怖分子雇佣军在基地得到武装、训练,并且派遣他们执行任务,其中包括攻击未加设防的平民目标。美国军事指挥部门也是如此通知国会的。

避开尼加拉瓜政府军、攻击此类"软目标"的政策得到国务院证实,也得到美国主要自由派知识分子,特别是《新共和》编辑迈克尔·金斯利的辩护。迈克尔·金斯利是电视评论指定的左派发言人。他抨击人权观察组织,批评他们谴责美国国际恐怖主义是感情用事,未能理解这必须用"务实的标准"来衡量。一项"明智的政策",他极力主张说,应该"满足成本效益分析的测试",分析"注入鲜血、痛苦的成本和另一端出现民主的可能性"——美国精英决定的"民主",他们不容置疑的权利。当然,普遍性原则不适用:其他国家没有被授权进行大规模国际恐怖主义行动,即使他们的目标可能取得成功。

从这个例子来看,实验取得了巨大的成功,确实受到高度的赞扬。尼加拉瓜在遭受恐怖主义战争创伤之后,已经沦为这个半球第二贫穷的国家,两岁以下的儿童有百分之六十由于严重营养不良患有贫血症,还有可能造成永久性脑损伤。[16]在这场战争中,按人均比例计算,相当于美国有二百五十万人死亡——死亡人数,用托马斯·卡罗瑟斯的话说,"明显高于美国内战以及美国二十世纪所有战争的死亡人数的总和"。托马斯·卡罗瑟斯是研究拉丁美洲民主化的主要历史学家,曾任职于里根国务院的"增强民主"项目。他从内部人士和学者的角度来写作,将自己描写成"新里根主义者"。他认为这些项目虽然以"失败"告终,却是"真诚的",因为美国仅容忍"自上而下的民主形式",并且由与美国有牢不可破的关系的传统精英掌控。这是在追求民主宏图的历史上为人熟悉的老调,伊拉克人对此显然理解,即使我们选择不去重复。值得强调的是"选择"一词,因为不缺乏证据。

内格罗蓬特在洪都拉斯担任代理领事(总督)的首要任务,是监督国际恐怖主义惨无人道的行为，为此美国在国际法庭的判决中受到谴责。这一判决远远超出了尼加拉瓜的狭义案例。哈佛大学律师团队对判决作了修正，以避免事实辩论，因为事实已经得到承认。国际法庭指令华盛顿终止这些犯罪行为，支付巨额赔偿——全部遭到驳回，其官方依据是，如果其他国家不同意我们的观点，我们必须"为自己保留权力去决定"如何行动。国际法庭谴责对尼加拉瓜"非法使用武力"的行为——通俗地说，就是国际恐怖主义——这些事项，"由美国决定，基本属于美国国内司法管辖范围之内"。那些受过教育的上层人士，一如既往地罔顾事实，将这些法庭指令，以及被美国否决、被忠实的英国弃权的两项安全理事会支持决议，如数扫入历史垃圾桶。在内格罗蓬特的确认听证会上，顺便提及了国际恐怖主义运动，但是被认为没有特别意义，因为我们荣耀的自己豁免于普遍性原则。

在我麻省理工学院办公室的墙上，挂着一位耶稣会牧师送给我的一幅画，画着死亡天使站在萨尔瓦多大主教罗梅罗人像上方。一九八〇年对他的暗杀，开启了全球国家恐怖主义惨无人道行为的残酷十年。站在他前面的六名拉丁美洲主要知识分子，耶稣会牧师，在一九八九年被击中脑袋，为这个十年画上了句号。这些耶稣会的知识分子以及他们的管家和她的女儿，被一个精锐营谋杀，该营就是由华盛顿目前在职人员和他们的导师武装和训练的。在这场由美国操纵的国际恐怖主义运动中，血腥谋杀不断，记录累累。罗梅罗的继任者将此形容为"对手无寸铁的平民百姓所进行的种族灭绝、斩草除根的战争"。罗梅罗就是被军人集团那些人杀死的。在他遇害前几天，他恳求卡特总统不向军人集团提供军事援助，这"将必然增加这里的不公，并加剧已经开始的对人民组织的镇压，而人民组织正在为捍卫他们最基本的人权进行斗争"。他被暗杀后,在美国的援助下,镇压持续不断,目前的这些在职人员将镇压推向"种族灭绝、斩草除根的战争"。

我把画挂在那里,每天提醒自己真实的世界,结果却达到另一个教育目的。许多人经过这间办公室。凡来自拉丁美洲的人鲜有例外都认出这幅画;来自里奥格兰德河以北的人*认出的绝无仅有;来自欧洲的人认出率为10%左右。我们可以考虑一下另一个有用的思维实验。假设在一九八〇年代的捷克斯洛伐克,由克里姆林宫武装和训练的安全部队暗杀了以"无声者之音"闻名的大主教,接着屠杀成千上万的人民,最后以残酷谋杀瓦茨拉夫·哈维尔以及捷克六位最主要的知识分子圆满结束这十年。我们会知道吗? 也许不会,因为西方可能会作出走向核战争的反应,所以知情者无一留下。区别的标准再一次如水晶一样清晰。敌人的罪行在发生;我们的不会,因为我们豁免于最基本的道德常理。

被谋杀的耶稣会人士实际上是被双重暗杀的:被残忍地杀害,又在开明的国家不为人所知,这是知识分子特别残酷的命运。在西方,只有专家或活动家才知道他们的姓名,更不用说知道他们写些什么。他们的命运完全不同于在真正敌人管辖内的、持不同政见的知识分子命运。这些知识分子享有盛名,作品被广泛出版和阅读,他们抵抗镇压的勇气得到高度尊重——镇压确实是残酷的,不过与这些年来在西方统治下的同行所忍受的一切比起来,又微不足道了。有区别的对待,再次不言而喻,鉴于我们豁免于道德常理的原则。

---

* 里奥格兰德河起源于美国科罗拉多州的中南部,流经新墨西哥州、墨西哥,最后注入墨西哥湾。河流的其中一段是美墨边境分界线。因此,里奥格兰德河以北的人指的是美国人。

让我们再说一些棘手的问题。当今也许没有比"邪恶的恐怖主义祸害"更为突出的问题,尤其是国家支持的国际恐怖主义,一种"从现代回归野蛮、由堕落的文明反对者传播的瘟疫"。所以当"反恐战争"一经宣布,就被形容为瘟疫——不是在二〇〇一年九月重新宣布的时候,而是在二十年前,由同一帮人和他们的导师。他们的"反恐战争"立即变成了一场杀人如麻的恐怖主义战争,在中美洲、中东、非洲南部和其他地方所造成的后果令人毛骨悚然。但是,这只是历史,不是由开明国家的管理者精心加工的历史。学术文献上描写的一九八〇年代才是公认的、更可以利用的历史,那是"国家恐怖主义"的十年,是由"国家持续不断参与的"或者"赞助的"恐怖主义,特别是利比亚和伊朗。美国只是"采取'先发制人'的立场对恐怖主义"[17]作出应对,其盟友莫不如此:以色列、南非、由里根主义者暗中编织的恐怖网络,等等。我先把为反恐事业组织、训练伊斯兰激进主义者一事搁置一边——其合法目标本应该是保卫阿富汗,却去血洗真正的敌人,这可能延长了阿富汗战争,使阿富汗成为废墟;西方客户接管之后,阿富汗更是每况愈下,后来的结果我们无需提及。从公认的历史中消失的是一九八〇年代真正"反恐战争"中的数百万受害者,以及在战火蹂躏后的家园寻求生存的人们。在历史之外的还有挥之不去的"文化恐怖","阉割了大多数人的愿望",这是萨尔瓦多耶稣会知识分子团体的幸存者在一次调查实际存在但不被公认的历史会议上说的话。

恐怖主义造成了一些棘手的问题。最重要的当然是恐怖主义现象本身,具有真正的威胁性,却保持在次要部分,得以通过教条过滤器:他们对我们的恐怖主义。恐怖和大规模杀伤性武器的结合只是时间问题,可能会造成骇人听闻的后果。这些后果,早在9·11惨无人道的行为发生之前,已经在专业文献中讨论过。但是除了这种现象之外,还存在着"恐怖"的定义问题。这也被认为是一个难题,成了学术文献和国际会议的主题。初看起来,关于"恐怖"的定义被认为是个难题似乎有些奇怪。有些定义看似令人满意(尽管不完美),但至少和其他定义一样没有疑问:例如,早在一九八〇年代发动"反恐战争"时,美国法典和军队手册中的官方定义,或者与之相似的英国政府的官方表述,将"恐怖主义"定义为"使用或威胁使用具有暴力性、破坏性或扰乱性的行为,旨在影响政府或恐吓公众,达到推进政治、宗教或意识形态的目标"。二十年前,里根政府宣布反恐战争将是外交政策的重点,取代了以前被宣称为"我们外交政策灵魂"的人权。从那以后,我在写到恐怖主义时一直使用这些定义。[18]

然而,仔细一看,问题变得很清楚,而且确实棘手。官方定义无法使用,因为其直接后果。一个难点是,恐怖主义的定义实际上与美国和其他国家所谓的"反恐"或"低强度战争"或其他委婉措辞的官方政策的定义基本相同。据我所知,这再次接近历史上的普遍现象。例如,在满洲里和中国北部的日本帝国主义者不是侵略者或恐怖分子,而是在保护人民和合法政府免遭"中国土匪"的恐怖主义。为了承担这项崇高的任务,他们被迫违背意愿,诉诸"反恐行动",其目的是在日本的开明指导下,建立一个亚洲人民可以平安与和谐生活的"人间天堂"。我所调查的每一个案件莫不如此。但是,我们现在确实面临一个棘手的问题:开明的国家堂而皇之致力于恐怖主义这一说法,是行不通的。尽管轻而易举就能举例说明,根据美国自己对恐怖主义的定义,美国从事着大规模的国际恐怖主义,在一些主要的案例中,完全无可争议。

还有一些相关的问题,有一些出现在联合国大会上。联合国大会迫于里根主义者的压力,于一九八七年十二月通过了对恐怖主义的最强烈谴责,呼吁所有国家消灭这一现代瘟疫。该决议以一百五十三票对两票通过,只有洪都拉斯弃权。反对该决议的两个国家,在联合国辩论中解释了他们的理由。他们反对决议中的一段话,即承认"被强行剥夺民族自决、自由和独立的人民……特别是在殖民和种族主义政权及外国占领下的人民,拥有《联合国宪章》赋予的自决权、自由权和独立权"。"殖民和种族主义政权"一词不言而喻指的是美国的盟友南非,他们正在抵抗纳尔逊·曼德拉非国大的进攻,而非国大,正如华盛顿在同一时间裁定,是世界上"最臭名昭著的恐怖团体"之一。"外国占领"不言而喻指的是华盛顿的以色列客户。所以,美国和以色列投票反对该决议是在意料之中。该决议因此被有效否决——事实上,遭到通常的双重否决:不适用,而且从新闻报道和历史中予以否决,尽管这是联合国关于恐怖主义的最强烈、最重要的决议。

因此,定义"恐怖主义"是一个困难的问题,与对"战争罪"的定义极其相似。将"恐怖主义"定义为违反普遍性原则,但是定义又仅仅适用于选择性的敌人,而将我们自身排除在外,我们如何能够做到两全其美呢?敌人的选择必须有一定的精确度。自从里根执政以来,美国有了一份资助恐怖主义的国家的官方名单。这些年里,只有一个国家从名单中删除:伊拉克,旨在允许美国加入英国和其他国家,为萨达姆·侯赛因提供急需的援助,即使在萨达姆·侯赛因犯下令人发指的滔天大罪之后,援助也在继续,毫无顾虑。

还有一个相近的例子。克林顿主动提出,如果叙利亚同意美国和以色列提供的和平条款,会将叙利亚从名单中删除。当叙利亚坚持要求收回以色列在一九六七年占领的领土时,它留在了支持恐怖主义的国家名单上,并且继续留在这份名单上,尽管华盛顿承认,叙利亚多年来没有参与支持恐怖的活动,还一直高度合作、向美国提供关于基地组织和其他伊斯兰激进团体的重要情报。作为对叙利亚在"反恐战争"中合作的回报,去年十二月,国会通过了一项立法,要求对叙利亚采取更严厉的制裁,几乎全体通过(《叙利亚问责法案》)。总统最近落实了这项立法,从而使美国失去了有关伊斯兰激进恐怖主义的主要信息来源,但这是为了实现更崇高的目标:在叙利亚建立一个接受美以要求的政权——司空见惯的模式,虽然评论员持续认为此事出人意外,无论证据有多充分、模式有多规律,无论在明确而可理解的优先事项规划方面所做的选择有多理性。

《叙利亚问责法案》提供了另一个摒弃普遍性原则的鲜明例子。其核心要求指的是联合国安理会第 520 号决议,呼吁尊重黎巴嫩的主权和领土完整,叙利亚因为在黎巴嫩仍然保留武装而违反了这一决议,而在黎巴嫩保留武装一事在一九七六年受到美国和以色列的欢迎,当时的任务是去屠杀巴勒斯坦人。国会立法、新闻报道和评论忽略了这个事实:一九八二年通过的第 520 号决议是明显针对以色列的,而不是叙利亚;也忽略了另一个事实:以色列违反安理会有关黎巴嫩的这个以及其他决议达二十二年之久,却没人呼吁对以色列实施制裁,甚至也没有任何人呼吁削减对以色列巨大的、无条件的军事和经济援助。许多在这二十二年中沉默的人现在签署了这项法案,谴责叙利亚违反了这项安理会决议,而这项决议是命令以色列撤离黎巴嫩的。这一原则由一位少见的学者型评论员史蒂文·祖恩斯准确地加以阐明:"黎巴嫩的主权必须得到捍卫,如果占领军只是来自美国反对的国家;而如果占领军是美国的盟友,黎巴嫩的主权就无足轻重。"[19]普遍性原则，以及对所有这些事件的新闻报道和评论，再一次言之有理，因为压倒一切的是摒弃基本的道德常理，即理智和道德文化的根本信念。

回到伊拉克，萨达姆被从支持恐怖主义的国家的名单上除名，取而代之的是古巴，也许是为了承认一九七〇年代末，对古巴国际恐怖袭击的急剧升级，包括炸毁一架古巴航空客机，后果是七十三人死亡以及其他惨无人道的行为。这些基本上都是在美国计划实施的，尽管到了那个时候，华盛顿已经改变了以往对古巴采取直接行动的"全球恐怖"政策——历史学家兼肯尼迪的顾问阿瑟·施莱辛格，在他为罗伯特·肯尼迪写的传记中，记录了肯尼迪政府的目标。阿瑟·施莱辛格当时被指派负责这项恐怖行动，并将其视为首要任务。到了一九七〇年代末，华盛顿一方面正式谴责恐怖主义行为，同时违反美国法律，在美国国土窝藏和保护恐怖主义基层组织。根据美国联邦调查局的调查，恐怖分子首领奥兰多·博施被认为是古巴航空爆炸案和其他数十起恐怖主义行为的策划者，却获得总统乔治·布什一号特赦，虽然遭到司法部的强烈反对。类似他这样的人继续在美国国土活动而不受惩罚，包括对其他地方的重大罪行负有责任的恐怖分子，美国拒绝对他们的引渡请求（例如从海地）。

我们可以回忆一下"布什主义"的一个主要组成部分——现在是布什二号："凡是窝藏恐怖分子的人和恐怖分子一样有罪"，应该得到相同的对待。这是总统在宣布轰炸阿富汗时所说的话，因为阿富汗拒绝将恐怖分子嫌疑犯交给美国，正如他们后来私下所承认的，没有证据甚至可信的借口。哈佛国际关系专家格雷厄姆·艾利森将此描述为布什主义最重要的组成部分。他在《外交事务》中赞许地写道：它"单方面废除了为恐怖分子提供庇护国家的主权",并且补充说该主义"已经成为国际关系的一个事实上的规则"。从"国际关系规则"的技术意义上说,这都没错。

食古不化的字面主义者可能会得出结论,布什和艾利森正在呼吁轰炸美国,但这是因为他们不理解,最基本的道德常理必须强有力地遭到拒绝:普遍性原则有一个至关重要的豁免,在占主导的知识阶层已经根深蒂固,所以根本没有被认识到,因此没有被提及。

天天有实例。内格罗蓬特的任命是一例。再举另外一例,几个星期前,巴勒斯坦领导人阿布·阿巴斯,在伊拉克的一所美国监狱中死亡。他的被捕是这次入侵最令人欢呼雀跃的成就之一。几年前,他一直生活在加沙,参与了美以批准下的奥斯陆的"和平进程"。但在第二次巴勒斯坦人暴动开始之后,他逃往巴格达。他在巴格达被美国军队逮捕并遭监禁,因为他在一九八五年劫持阿奇里·劳罗号游轮事件中所担任的角色。学术界认为一九八五年是一九八〇年代恐怖主义的高峰年。在对编辑进行的一次民意调查中,中东恐怖主义是当年的头条新闻。学术界认为那一年有两桩主要罪行:阿奇里·劳罗号的劫持,其中一名美国残疾人惨遭杀害;一架飞机被劫持,造成一人死亡,也是一名美国人。可以肯定的是,一九八五年该地区还有其他一些恐怖主义分子的罪行,但它们没有通过过滤器。一次是发生在贝鲁特一座清真寺外的汽车爆炸事件,造成八十人死亡,二百五十人受伤,爆炸时间设置在人们离开时,遇难者主要是妇女和女孩;但是这件事被排除在记录之外,因为该事件能追溯到中央情报局和英国情报部门。

另一次是阿奇里·劳罗号被劫持一周后的报复行动:西蒙·佩雷斯以不足为信的借口,轰炸突尼斯,杀害了七十五名巴勒斯坦和突尼斯人。美国对此推波助澜,国务卿舒尔茨赞扬了此举,然而联合国安理会一致谴责此举为"武装侵略行为"(美国弃权)。但该事件也没有进入恐怖主义的史册(或者是更为严重的"武装侵略"罪行的史册),再一次因为是代理人的行为。佩雷斯和舒尔茨没有死在监狱,而是获得诺贝尔奖,获得纳税人的巨额礼物,用于重建他们在被占领的伊拉克帮助摧毁的东西,以及其他荣誉。同样,一旦我们明白基本的道德常理必须付之一炬,这一切就都说得通了。

有时候,对道德常理的否认是赤裸裸的。一个恰当的例子,是对"布什主义"的第二个主要组成部分的反应。它在二〇〇二年九月的国家安全战略中得到正式阐明,主要的建制派杂志《外交事务》立刻将此描述为"新的帝国宏伟战略",宣布华盛顿有权诉诸武力,消除对其全球统治的任何潜在性的挑战。外交政策精英广泛地批评了国家安全战略,包括刚才引用的文章,但是理由有限:并不是说这是错的,或者是新颖的,而是它的风格和实施过分极端,对美国的利益构成威胁。亨利·基辛格描写说,"新的途径具有革命性",并指出它颠覆了十七世纪的威斯特伐利亚国际秩序体系,当然也颠覆了《联合国宪章》和国际法。他赞同这一理论,但对风格和战术持保留意见,并且作出了一个关键性的限定条件:它不可能是"每个国家都享有的普遍性原则"。相反,侵略权必须保留给美国,或许授权给选定的客户。我们必须强有力地拒绝最基本的道德常理:普遍性原则。占主导地位的主义,通常掩饰在口口声声的仁义道德和饱受曲解的法律条文中,基辛格却直言不讳,清楚地加以阐明,他的诚实值得称赞。

最后再补充一个非常及时和重要的例子,那便是"正义战争的理论",它在一九九〇年代宣布的"规范革命"的背景下蓬勃复兴。有关入侵伊拉克是否符合正义战争的条件,人们一直有所争论,但是有关一九九九年轰炸塞尔维亚或者入侵阿富汗,鲜有争议。这两件案例的是非曲直一目了然,没有必要进行讨论。让我们对这两件案例稍作浏览,考虑一下这些论点的本质,而不是去质问这些进攻的对错。

接近主流社会的对塞尔维亚轰炸最严厉的批评,是说轰炸"合理不合法"。这是法官理查德·戈德斯通领导的国际独立调查委员会得出的结论。"这是非法的,因为没有得到联合国安全理事会的批准,"委员会裁定,"但又合理,因为所有外交渠道都已用尽,已无其他办法来制止发生在科索沃的杀戮和惨无人道的行为。"[20]戈德斯通法官指出,根据报告和依据《联合国宪章》所作的判决,《宪章》可能需要修订。他解释说,北约的干预"是一个十分重要的先例",不能被认为是"背离的行为"。相反,"在全球化的背景下,世界大多数人民有决心将人权问题看作是国际社会的事务,国家主权正在被重新定义"。他还强调,有必要"对侵犯人权行为进行客观分析"。[21]

最后的评论是个不错的建议。客观分析可能涉及的一个问题是,世界大多数人民是否接受开明国家的裁决。以塞尔维亚轰炸案为例,十分委婉地说,世界新闻评论以及官方声明揭示,对上述结论的支持几乎没有。事实上,轰炸一事在北约国家之外受到了强烈的谴责,种种事实一如既往地被忽视。[22]此外,"普遍化"可以追溯到纽伦堡,开明国家对"普遍化"原则上的自我豁免,几乎不可能获得世界上大多数人民的认可。看来新的规范符合标准模式。

客观分析可能会涉及的另一个问题是,"所有外交选择"是否确实"都已经用尽"。这一结论并不容易维持。根据事实,北约决定轰炸时,桌面上有两种选择——北约的建议和塞尔维亚的建议——经过七十八天的轰炸后,他们之间达成了妥协。[23]

第三个问题是,"已无其他办法来制止发生在科索沃的杀戮和惨无人道的行为"是否属实,这一点显然是事情的关键。在这件事上,客观分析恰恰是非常容易的。有大量的文件出自无可挑剔的西方来源:国务院为战争辩解而发布的几份汇编资料,欧洲安全与合作组织、北约、联合国、英国议会调查的详细记录,以及其他类似的来源。

这些异常丰富的文献有几个显著的特点。首先,大量文字材料,包括学术文献,几乎完全忽视了有关科索沃战争的档案。[24]其次,文件的实质性内容不仅被忽视,而且始终被否定。我已经在其他地方对档案进行了评论,不在这儿重复。但是我们发现的特点是,清清楚楚的时间顺序被颠倒了。塞尔维亚惨无人道的行为被描写为轰炸的原因,而毫无争议的是,这些行为是发生在轰炸之后的,而且毫无意外,也是轰炸的预期结果。北约最高级别的消息来源对此做了详尽记录。

据联盟中铁杆鹰派的成员国英国政府估计,大多数惨无人道的行为都不是塞尔维亚安全部队造成的,而应归咎于科索沃解放军游击队。他们从阿尔巴尼亚攻击塞尔维亚,正如他们所坦率解释的,旨在诱引塞尔维亚不相称的反应,以用于鼓动西方对轰炸的支持。英国政府的评估是在一月中旬,但文件记录显示,到三月底宣布并开始轰炸之前,评估没有发生实质性变化。根据美国和英国的情报,米洛舍维奇的起诉揭示了同样的事件模式。

美国和英国以及评论家们通常举出,一月中旬的拉查克大屠杀*是决定性的转折点,但是这件事显然不能当真。首先,即使假

---

* 拉查克大屠杀发生在1999年1月,科索沃中部的拉查克村,有45名科索沃阿尔巴尼亚人被杀。有两个不同的法医小组对这一屠杀事件进行了调查。南斯拉夫政府委托的法医小组报告说,被杀的是阿尔巴尼亚分离主义游击队,而芬兰小组得出了相反的结论,认为无辜平民被杀,但拒绝承认是大屠杀。

设对拉查克大屠杀的最极端的谴责是准确的,这几乎没有改变暴行的平衡。其次,其他地方同时发生了更为严重的大屠杀,但没有引起任何关注,尽管一些最严重的事件,只要取消支持就可以终止。

一个值得注意的案例是一九九九年初,在印度尼西亚军事占领下的东帝汶。美国和英国持续为占领者提供军事和外交支持。在美英始终不渝的坚定支持下,占领者已经屠杀了大约四分之一的人口。在一九九九年八月至九月的最后一次突发性暴力事件中,印度尼西亚军队基本摧毁了这个国家。这件事过后很久,美英的支持才中断。这只是许多此类案件中的一件,但仅仅这件事就足以使所声称的拉查克恐怖事件不足为道。

西方估计,入侵前一年,在科索沃约有两千人被杀。如果英国和其他国家的评估是准确的,其中大多数是被科索沃解放军游击队所杀害。对此,严肃的学术研究寥寥无几,仅有一项研究考虑到这件事,估计两千人中有五百人是被塞尔维亚人杀害的。这是尼古拉斯·惠勒所进行的仔细而审慎的研究。他支持北约的轰炸,理由是如果没有北约的轰炸,会发生更严重的暴行。[25]其论点是,轰炸会导致预期的伤害,而北约是在防止暴行,甚至可能在防止许多人声称的第二个奥斯威辛。此类论点被原封不动地认真对待,让我们对西方知识阶层洞如观火,特别是当我们想起当时还存在外交选择,轰炸后达成的协议是他们之间的妥协(至少在形式上)。

戈德斯通法官似乎对这个问题也持保留意见。他认识到——绝无仅有——北约实行的轰炸没有保护科索沃的阿尔巴尼亚人,其"直接后果"是给科索沃人带来一场"巨大灾难"——正如北约司令部和国务院所料,随后又发生了另一场灾难,特别是对北约—联合国控制地区的塞尔维亚人和罗姆人而言。戈德斯通法官继续说,北约评论员和支持者"应该自我安慰,相信'马蹄行动',即塞尔维亚人针对科索沃的阿尔巴尼亚人的种族清洗计划,在轰炸开始之前就已经开始,而不是轰炸的结果"。"相信"这一措辞恰到好处:在大量的西方记录中,没有任何证据表明,在国际观察员撤回为轰炸进行的准备工作之前,任何计划已经开始实施,在轰炸开始前几天也几乎没有证据;"马蹄行动"后来被揭穿,显然是情报无中生有,尽管毫无疑问,塞尔维亚对此类行动有应急计划,以应对北约的攻击,但是目前尚不清楚。

因此很难看出,我们如何能够接受国际委员会就轰炸的合法性所作出的结论,即严肃、慎重地努力解决这些问题。

说实话,事实并不具有争议性,任何感兴趣的人都可以确定。我想这就是为什么对西方大量的文献记录不折不扣地置若罔闻的原因。无论人们对轰炸事件如何判断(判断不构成争议),标准结论是,这是一个不具备争议的正义战争的实例,也是由开明国家领导的"规范革命"的果断性示范。这个结论至少令人震惊——当然,除非我们回到如出一辙的原则:道德常理一旦适用于我们,就必须付之一炬。

让我们回到第二个案例,即阿富汗战争。阿富汗战争被认为是正义战争的典范,对此几乎没有任何争论。受人尊敬的道德政治哲学家让·贝斯克·埃尔希坦,相当准确地总结了人们所普遍接受的观点。她用赞同的口吻写道,这是一场没有争议的正义战争,只有不折不扣的和平主义者和彻头彻尾的疯子才对此持有怀疑。在这里,事实性的问题再次出现。首先,回顾一下战争的目标:惩罚阿富汗人,直到塔利班同意在没有证据的情况下交出奥萨马·本·拉登。在几个星期的轰炸之后补充说道,推翻塔利班政权是一种事后的想法。这与随后的许多评论所说的相反。其次，有相当多的有关证据认为，只有疯子或绝对的和平主义者没有加入赞同的行列。在轰炸宣布之后，但是在轰炸开始之前，一个国际盖洛普民意调查发现，对轰炸的支持十分有限，假如平民成为目标，则几乎没有任何支持，因为他们首当其冲。即使这种不温不火的支持也基于这样一个前提，轰炸目标明确，也即是对9·11袭击负责的对象。实际轰炸目标却不是。

八个月后，经过历史上最缜密详尽的国际情报调查，联邦调查局局长向参议院作证说，充其量而言，这个阴谋被"认为"是在阿富汗策划的，而这些攻击则是在其他地方计划和资助的。因此，与自信的众口一词恰恰相反，除了极少数国家之外，当然，还有西方的精英阶层，没有发现人们对轰炸的普遍支持。阿富汗人的舆论更难估计，但我们确实知道，经过数周的轰炸，主要的反塔利班人物，包括一些最受美国和总统卡尔扎伊尊敬的人物，都谴责了这次轰炸，呼吁结束轰炸，指控美国的轰炸只是为了"炫耀肌肉"，破坏了他们从内部推翻塔利班的努力。

如果我们也采纳尊重事实这一常理，有些问题会出现，但恐怕没人愿意。

接下来是有关正义战争的问题。普遍性的问题也随之而来。如果美国理所当然被授权轰炸另一个国家，以迫使其领导人交出美国怀疑参与恐怖主义行为的人，那么，更不用说，古巴、尼加拉瓜和其他许多国家有权轰炸美国，因为毫无疑问，美国参与了对这些国家非常严重的恐怖袭击：以四十五年前的古巴为例，有着广泛的记载，消息来源无可挑剔，也无可置疑；以尼加拉瓜为例，甚至遭国际法院和安全理事会（决议被否决）的谴责，谴责之后美国的进攻却进一步升级。如果我们接受普遍性原则，必然会得出这个结论。结论当然是无法容忍的,无人主张。因此,我们再次得出结论,普遍性原则有一个关键的例外,摒弃基本的道德常理已经根深蒂固,即使对此提出质疑,也被认为是无法形容的憎恶。这对主流的知识和道德文化又是一个具有启发意义的评论,而这种文化认为这些陈词滥调不可接受,将其排斥是他们的原则。

伊拉克战争被认为更具有争议,所以广泛的专业文献都在讨论,伊拉克战争是否符合国际法和正义战争的标准。弗莱彻法律和外交学院的一位杰出的学者,迈克尔·格伦农,直截了当地认为,国际法只是"空话"而已,应该被放弃,因为国家行为不遵守国际法:意思是说,美国及其盟友无视国际法。他认为,国际法和《联合国宪章》限制美国使用武力的能力,造成了国际法和《联合国宪章》的进一步缺陷,而使用武力是正确且有益的,因为美国领导着"开明的国家"(他的用语),显然是根据定义:没有举出任何证据或理由,或认为有其必要性。另一位受人尊敬的学者认为,美国和英国实际上是根据《联合国宪章》条款中的"社群主义的解释",按照《联合国宪章》行事的:他们是在执行国际社会的意愿,一个默许给他们的使命,因为只有他们有力量来执行。[26]国际社会竭力反对,达到空前的地步,显然无关痛痒——相当明显,如果人民被包括在国际社会中,甚至包括在精英阶层中。

另一些人观察认为,法律是一种活的工具,其意义由实践决定,而实践表明,新的规范已经建立,允许"提前自卫",这是任意侵略的另一种委婉说法。心知肚明的假设是,规范是由强国建立的,只有强国才有提前自卫的权利。例如,当日本轰炸美国殖民地夏威夷和菲律宾的军事基地时,没有人会据理力争日本行使了这一权利,尽管日本人非常清楚 B-17 飞行堡垒轰炸机正在从波音公司的生产线上起飞,尽管他们确切了解在美国的公开讨论,在一场灭绝的战争中，这些飞机从夏威夷和菲律宾的基地起飞，能将日本的木制城市置于火海之中。[27] 今天没有任何人会赋予任何国家这一权利，除非它们是自我宣布的开明国家，有权决定规范并且有选择地任意运用规范，同时沐浴在对其高贵、慷慨和救世主正义前景的赞扬声中。

所有这一切毫无新意，除了在一个方面。已经发展的破坏手段令人叹为观止，部署和使用它们的风险是如此巨大，只要教育良好的精英对基本道德常理的蔑视仍然根深蒂固，一个理性的火星观察者就不会对这个奇怪的物种的生存前景持乐观态度。

六　人的智慧与环境*

　　我想从一场很多年前的有趣辩论说起,这场辩论发生在著名天体物理学家卡尔·萨根和美国生物学泰斗恩斯特·迈尔之间。[1]辩论的主题是有没有可能在宇宙中的其他地方找到智慧生命。萨根从天体物理学角度出发,指出宇宙中还有无数个像我们所处的星球这样的行星。它们没有理由不发展出智慧生命。迈尔从生物学角度出发,认为我们极不可能找到任何其他智慧生命。他指出,理由在于我们恰好有一个例子:地球。所以让我们把目光投向地球。

　　他的大体观点是,智慧是一种致命的突变。对此,他做出了有力的论证。他指出,如果你看一下生物学上的成功,其基本测量指标是一个物种的数量,较为成功的是那些变异非常快速的生物体,例如细菌,或是陷入某种固定生态位的生物体,例如甲壳虫。它们做得都不错。这些生物体有可能幸免于环境危机。但如果你将层次提升到我们所说的智商上,它们就越来越不成功。如果你观察到哺乳动物的层次,会发现与昆虫相比,哺乳动物已经少很多了。如果你把目光转向人类,人类可能起源于十万年

---

　　* 2010 年 9 月 30 日在北卡罗来纳大学教堂山分校的演讲稿。——原注

前,这个群体规模极小。我们现在有点被误导了,因为人类的数量庞大,但这是最近几千年的事,从进化角度来说并无意义。在他看来,你不会在其他地方找到智慧生命,而且你在这里看见智慧生命的时间可能也不会太久,因为这是一种致命的突变。他还补充道,有点不祥的是,已存在的几十亿物种中,一个物种的平均寿命约为十万年,大致就是现代人已经存活的时间。

现在有了环境危机,我们可以对迈尔的观点做出对错评判。如果不采取任何显著措施,如果不快速行动,那么迈尔将一语成谶:人类的智慧的确是一种致命的基因突变。也许有人能得以幸存,但那不过是作鸟兽散、苟延残喘,而许多其他生物体也将面临同样的命运。

那么,有什么办法可以解决这个问题吗?前景不容乐观。二〇〇九年十二月有一场关于气候变化的国际会议。[2]但这场会议是彻头彻尾的灾难,没有达成任何结果。中国、印度等新兴经济体认为,让它们为如今的富裕和发达社会几百年来的环境破坏担责是不公平的。这种说法有其道理。但在这种场合,有理的一方未必能赢。如果环境危机继续升级,有人加入富裕社会阵营,新兴经济体也得不到什么好处。当然,他们代言的穷国将遭受最严重的打击。事实上,它们已经是最不幸的受害者。这种情况仍将持续。富裕和发达的社会内部已经出现分歧。欧洲其实正在采取一些行动;它已经开始减少碳排放。美国却无动于衷。

事实上,著名环保作家乔治·莫比奥特在哥本哈根会议后写道:"会谈失败的直接原因可以用两个词概括:贝拉克·奥巴马。"[3]他是对的。鉴于美国在所有国际事件中的影响力和角色,奥巴马介入这次会议当然非同小可。他基本上毁了这次会议。没有达成任何限制措施,《京都议定书》成了一纸空文。美国从未参与其中。美国的碳排放量在此之后一路飙升,而且没有任何减排措施。偶有修修补补,但基本放任自流。当然,不只是奥巴马一个人。我们的整个社会和文化出了问题。我们的制度安排导致试图实现任何目标都无比困难。

尤其有意思的是企业部门的角色,它们基本控制了国家与政治系统的运转。它们毫不掩饰。大企业的游说团体,例如商会、美国石油协会以及其他组织,毫不掩饰、无所顾忌。它们发起了一场大型公关运动,说服公众气候变化不是真的,而是自由派的骗局。格外有意思的是看一下谁在操纵这些运动,例如大公司的首席执行官。他们和你我一样,都知道气候的的确确在发生变化,而且形势异常严峻,而他们正在威胁着自己孙辈的生命。事实上,气候变化已经威胁到了他们所拥有的东西:他们拥有这个世界,却又威胁着它的存活。这似乎缺乏理性,从特定角度看也确实如此。但从另一个角度看,它又是高度理性的。他们在自己身为一分子的制度结构中行动。他们在某种类似于市场体系——不完全是市场体系,但有些类似——的结构中运作。你如果参与到一个市场体系中,就必定不会考虑经济学家所说的"外部性",也就是一场交易对他人所产生的影响。试举一例,如果你们这里有人卖给我一辆车,我们可能会尽力为自己获得一个好价钱,但我们在交易时不会考虑它对其他人会有何影响。影响当然存在。它可能看似微不足道,但如果涉及许多人,那影响就是巨大的:污染、堵塞、因交通拥堵而浪费的时间,不一而足。你不会考虑这些——不一定会。这是市场体系的一部分。

我们刚刚见证了一个重要的例子。金融危机有许多原因,但其根源早已为人所知晓。在危机爆发几十年前就有人说过了。实际上,危机不断卷土重来。这场危机只是其中最严重的。根源在于市场体系。比方说，如果高盛集团进行一场交易，如果他们履行自己的职责，如果管理者掌握了最新情况并留意他们从交易中得到什么，而这场交易的另一方——比如借款方——的机构或个人也做同样的事情，他们不会考虑所谓的系统风险，也就是他们正在进行的交易会导致整个系统崩溃的可能性。他们不会考虑这些。事实上，刚发生的危机在很大程度上就是这种情况。系统现在暴露出了巨大的风险，足以摧毁整个系统。虽然一开始的交易在系统内完全是理性的。

原因不在于这些人是坏蛋。如果他们不这样做——假设某个首席执行官说"行吧，我会考虑外部性"——就会丢了自己的饭碗。他会丢掉自己的工作，别人会接替他的位置。这类机构本质如此。你在个人生活中可能是一个品行端正的人。你可能是塞拉俱乐部*的会员，并就环境危机或相关议题做过演讲，但只要在公司管理者的位置上，你就别无选择。你必须力图最大化短期利润和市场份额——英美公司法实际上也要求如此——因为如果你不这么做，要么你的公司因为其他公司在短期内表现更佳而倒闭，要么你因为没有做到分内之事而被其他人所取代。所以存在一种制度非理性。站在制度内的位置上看，行为完全是理性的，但制度本身毫无理性可言，因而注定走向灭亡。

例如，如果你看一下金融体系，会发现其中充满了戏剧性。一九二〇年代和一九三〇年代曾有过一次崩溃，一次经济大萧条。但随后引入了监管机制。它们的引入是由于巨大的公众压力，但总之是引入了。之后几十年经历了迅猛且大体平等的经济增长，没有发生金融危机，因为监管机制干预市场并阻止市场原

---

* Sierra Club，美国著名环保组织。

则发挥作用。这样你就理解了外部性。监管体系干的就是这个。

首先，金融在经济中的角色急剧扩张，这导致金融机构在企业利润中的份额自一九七〇年代以来持续飙升。这种扩张导致工业生产的空心化，生产转向境外。所有这些都受到所谓新古典经济学这种狂热的宗教意识形态的影响，这些假说既无理论基础，也无经验证据，却大受欢迎，因为只要你接受定理，就可以证明它们：有效市场假说、理性预期假说，诸如此类。这种意识形态的传播对权贵阶层具有莫大的吸引力，因此大获成功，艾伦·格林斯潘就是一个缩影，但他至少体面地在金融体系崩溃时承认其千疮百孔。[4]一座理论大厦如此轰然倒塌，我认为这是史无前例的，至少我想不出第二个来。有趣的是，这一切没有产生任何影响。一切如故。这说明权力体系用得上它。

在这些意识形态的影响下，监管体系被里根、克林顿和布什废除。不同于二十世纪五六十年代，金融危机在整个这段时期层出不穷。里根执政期间曾发生过一些异常严重的危机。克林顿离任时则留下了另一场重大危机，那就是技术泡沫的破裂。接下来就是我们正在经历的危机。每一次都比上一次更糟。眼下这个体系正在重构，所以下一场危机极有可能更为严重。其中一个原因（并非唯一原因）很简单：你在市场体系中不会考虑外部性——系统性风险。

金融危机并不是致命的例子。金融危机也许会很可怕。它可以让好几百万人失去工作并毁掉他们的生活。但它有解决之道。纳税人可以挺身而出解救你。事实正是如此。我们这几年见证了戏剧般的变化。金融体系彻底崩盘。政府（也就是纳税人）介入进来，帮这些人渡过难关。但没有人能帮你摆脱环境危机。外部性在这种情况下是物种的天敌。如果它在市场体系的

115

运行中遭到忽略,就没有人能帮你渡过难关。所以这是一种致命的外部性。我们没有看到任何有针对性的重大举措,没有采取有效措施或其他行动,这表明恩斯特·迈尔说得有理。我们的智慧有其特定,那就是我们能够在一个狭隘的框架中理性行事(但从长远来看是非理性的),就像我们对于自己的子孙后代将生活在什么样的世界中的态度。眼下很难看到克服这一点的希望,尤其在美国。我们是世界上最强大的国家,我们的所作所为影响深远。我们在这方面的纪录却惨不忍睹。

我们并非束手无策。列出解决方案不是难事。例如,一项主要解决方案是房屋节能改造。二战后,全球出现"建房潮"。从环境角度看,这极不理性。同样,从市场角度看,它又合情合理。全国上下都在用不同模板大量修建适用于不同条件的房屋。所以一种房子也许在亚利桑那州可行,在马萨诸塞州却行不通。这些房子被盖了起来。它们在能源方面极为低效。这些问题可以解决。这基本上是建筑方面的工作。成效将非常显著。它还能振兴一大濒临崩溃的产业,那就是建筑业,并在很大程度上有助于解决就业危机。这需要投入。最终需要纳税人出资。(我们称其为政府,但它指的是纳税人)。但它能刺激经济、增加就业,还能大大减少对环境的破坏。但很少有人这样提议,几乎没有。

另一个例子可以说是美国的丑闻。如果你们有人去过国外,你肯定知道。当你从世界上几乎任何地方回到美国,你就像来到了一个第三世界国家,毫不夸张。基础设施残破,交通诸多不便。我们不妨以火车为例。当我在一九五〇年前后迁居波士顿时,有一班火车从波士顿开到纽约。车程是三小时四十五分钟。如今有一班受到赞誉的超级列车,叫阿西乐。车程是三小时三十分钟。如果你在日本、德国、中国,几乎任何地方,车程可能是两个小时。这是普遍情况。

这并非偶然。它源于政府和企业在一九四〇年代推动的一项庞大的社会工程。作为一项高度系统性的举措,它意在重组社会,以便尽可能利用化石燃料。其中一步是拆除相当便捷的铁路系统。举个例子,新英格兰地区其实有颇为便捷的电气轨道系统,纵穿整个地区。如果你读过埃·劳·多克托罗的小说《拉格泰姆时代》,小说第一章描述了主人公乘坐电力火车穿越新英格兰。[5]如今这些全被拆除,让位给小汽车和卡车。洛杉矶现在已经彻底成了一个恐怖故事,我不知道有没有人去过那里。洛杉矶曾经有一个高效的电力公共交通系统。这个系统后来也被拆除。一九四〇年代,通用汽车、费尔斯通轮胎和加利福尼亚标准石油买下了这个系统。收购的目的是将其拆除,以便将一切转向卡车、小汽车和公交车。它们得偿所愿。从技术上说,这是一场阴谋。实际上,它们因阴谋指控被告上法院且被判罚。我记得罚金大概是五千美元,足够支付庆功宴了。[6]

联邦政府也介入了进来。我们建成了如今被称为州际公路系统的东西。当它在一九五〇年代修建时,它被称为国防公路系统,因为你在美国做任何事都得说这是国防。这是骗纳税人钱的唯一办法。事实上,上了年纪的人可能记得,一九五〇年代流传着我们多么需要州际公路系统的故事,因为你必须在俄罗斯人或别的什么人来袭时快速运输导弹。所以纳税人遭到了蒙骗,为这个系统买单。与之相伴的是拆除铁路,这是我刚才描述的事情的原因。巨额联邦财富和企业资金用于修建公路和机场。任何耗费燃料的东西。基本以此为标准。

这个国家还经历了市郊化。房地产利益、地方利益和其他利益重塑了生活,使它变得原子化和市郊化。我不是在贬低郊区。

我住在郊区,而且喜欢郊区。但它极为低效,有各种可能是有害的社会影响。

无论如何,这不是偶然发生的,而是被设计出来的。自始至终,所有的心思都放在打造一个破坏性尽可能强的社会。改变这个庞大的社会工程项目不会容易,涉及大量问题。

任何合情合理的思路都涉及另一举措,而且每个人在纸面上都会同意这一点,那就是发展可持续能源,发展绿色科技。我们都知道这一点,每个人都能就此侃侃而谈。但如果你看一下现实,西班牙、德国正在发展绿色科技,中国更是主力军。美国却靠进口。实际上,我们有大量创新,但生产放在别的国家。美国的投资者对中国绿色科技的投资要多于在美国和欧洲的总和。当得克萨斯州从中国购买太阳能板和风力发电机时,有人抱怨"这损害了我们的工业",其实这根本没有损害到我们,因为我们早就出局了。受损害的是西班牙和德国,它们远远领先我们。

想想这有多么不可思议吧,奥巴马政府基本上接管了汽车行业——相当于你接管了它。你花了钱,拯救了它,大体上成为它的所有者。他们继续做许多公司一直在做的事,比如四处关闭通用汽车的工厂。关闭一座工厂不只是让工人丢掉饭碗,还会把社区破坏殆尽。看看所谓的"铁锈地带"吧。这个地带的社区由工人组织起来;它们围绕工厂发展。现在它们已不复存在。这造成了严重的影响。在他们摧毁工厂的同时——意味着你和我在摧毁工厂,因为资金来自你和我,这据说代表了我们,但事实并非如此——奥巴马正在派交通部长到西班牙用联邦刺激金签订我们和世界都真正需要的高铁建设的合同。[7]这些工厂正在被关闭,还有工厂里的熟练工人,所有这些本来都可以在这里生产。他们有技术,他们有知识,他们有能力。但这不利于银行营利,所以我们从西班牙购买高铁。和绿色科技一样,高铁将放在中国制造。

这些都是选择;它们不是自然法则。但很不幸,这些都是正在做出的选择。看不出什么积极改变的迹象。这些问题相当严重。我们可以毫不费力地继续。我只想说到这里。但基本情况就是这样。我并不认为这是"选择性失明"——当然有选择,但我认为这是对事实合情合理的选择。后果相当严峻。

媒体也有份。如果你读《纽约时报》,上面的故事通常会告诉你有一场关于全球变暖的争论。如果你留意这场争论,一方可能是世界上百分之九十八的相关领域科学家,另一方则是几个提出质疑的严肃的科学家,一小撮人,比如吉姆·英霍夫或其他某个参议员。所以这是一场争论。民众需要在争论双方中做出选择。《纽约时报》在头版刊发了一篇几近可笑的文章,标题是气象学家质疑全球变暖。[8]文章讨论了气象学家之间的争论——气象学家是那些在电视上念别人递上来的稿子并预告明天要下雨的漂亮面孔。这是争论的一方。争论的另一方基本上是所有对此有任何了解的科学家。民众还是需要做出选择。我该相信气象学家吗?他们告诉我明天要不要穿雨衣。我对科学家有什么了解?他们坐在某个地方的某个实验室里摆弄计算机模型。所以没错,人们感到困惑,这可以理解。

有意思的是,这些争论几乎完全忽视了争论的第三个部分,也就是认为科学界共识过于乐观的许多科学家,而且是出色的科学家。麻省理工学院的一组科学家大概在一年前发布一份报告,描述了他们称之为科学出版物中迄今最全面的气象模型。[9]他们的结论是国际委员会的主要科学共识着实离谱,过于乐观,当时除了科学期刊外,这一结论没有被报道;如果你加上他们没有正确考虑的其他因素,结论要严峻得多。这组科学家自己的结论是，除非我们立刻停止使用化石燃料，否则我们大势已去。我们将再也无法解决这一问题。这不是争论的内容。

我完全可以继续滔滔不绝，但唯一的制衡办法是一场实实在在的民众运动，不仅仅是呼吁大家在房顶上安装太阳能板——尽管这是件好事——而且必须要清除一整套给我们带来灾难的社会、文化、经济与意识形态结构。这绝非易事，但我们必须行动起来，而且要尽快开始，否则就太晚了。

七　文明在真正现存的资本主义下能否生存[*]

提到"真正现存的资本主义",我想到的是什么是真正现存的东西和什么是所谓的"资本主义"？美国是最重要的案例,原因显而易见。

"资本主义"一词十分模糊,足以涵盖多种可能性。它通常被用来指美国的经济体系,而美国的经济体系接受了大量的国家干预,从创造发明到政府对银行的"大而不倒"的保险政策；美国经济体系还是高度垄断的,进一步限制了对市场的依赖,这种情形与日俱增。

值得牢记的是,"真正现存的资本主义"偏离正式的"自由市场资本主义"的规模。仅举几个例子。在过去的二十年里,二百家最大企业的利润份额急剧上升,发扬了美国经济的寡头垄断特征。[1]这种寡头垄断,通过大规模广告进行通常是毫无意义的产品差异化来避免价格战,直接破坏了市场。市场是以知情的消费者做出合理的选择为基础的,而广告本身全力以赴地破坏了正式意义上的市场。大部分的计算机和互联网,以及其他信息技术革命的基本组成部分,在被移交给私营企业转化为商业市场和利润之

＊　2013 年 4 月 2 日在都柏林大学哲学学会发表的开幕演讲。——原注

前,在国有部门已经存在几十年了（研发、补贴、采购和其他设备）。经济学家和商业媒体大致估计,为大银行提供巨大优势的政府保险政策的规模每年高达约四百亿美元。然而,国际货币基金组织最近的一项研究表明——引用商业媒体的话——也许"美国最大的银行根本没有真正盈利"。这项研究补充说,"他们声称为股东赚取的数十亿美元,几乎完全是美国纳税人的礼物"。[2]这又是一份证据,可以支持马丁·沃尔夫——伦敦《金融时报》一位英语世界最受尊敬的金融记者——的判断,"一个失控的金融业正在从内部吞噬现代市场经济,犹如蜘蛛蜂的幼虫吞噬它的宿主一样。"[3]

"资本主义"一词也通常用于那些没有资本家的体系:例如,西班牙巴斯克地区工人所有的蒙德拉贡的企业集团,或者在俄亥俄州北部扩展的工人所有制企业——通常会得到保守派的支持。加尔·阿尔佩罗维茨在一部重要著作中对此有所讨论。[4]有些人还可能用"资本主义"一词来形容美国重要的社会哲学家约翰·杜威所倡导的工业民主。杜威呼吁工人成为"他们自己工业命运的主人",并呼吁所有的机构接受公共管控,包括生产、交流、宣传、交通和通讯方式;[5]杜威认为,没有这些,政治将继续成为"大企业笼罩在社会的阴影"。[6]

杜威所谴责的掐头去尾的民主近年来已经支离破碎。现在,政府的控制权集中在收入级别达到顶端的少数人手中,而绝大多数"收入级别以下"的人,实际上被剥夺了公民权。当前的政治经济体制是一种富豪统治形式,完全与民主背道而驰,如果我们所说的民主指的是政策受到公众意志显著影响的政治安排。

多年来,关于资本主义在原则上是否与民主兼容,一直有着认真的讨论。如果我们继续真正现存的资本主义民主——简称为 RECD(它的英语谐音意为"船舶失事"),这个问题就有了有力的答案:它们水火不相容。其中原因我回头再谈。在我看来,文明似乎难以生存于真正现存的资本主义和与之情投意合的、遭到阉割去势的民主。行之有效的民主能带来改变吗? 考虑不存在的体系只能是推测而已,但我有理由这么认为。

让我们继续来看文明所面临的最关键的直接问题,虽然不是唯一的问题:环境灾难。政策和公众的态度大相径庭,这在RECD 之下,往往如此。在最近一期《代达罗斯》(美国艺术与科学学院的杂志)有几篇文章检讨了这一差距的性质。研究人员发现,"一百零九个国家制定了某种形式的可再生能源政策,一百一十八个国家制定了可再生能源的目标"。相比之下,美国还没有在国家层面通过一整套稳定和不变的政策,以促进可再生能源的使用。[7]

不是公众舆论推动政策脱离国际范围——恰恰相反。与政策相比,公众更接近于全球规范。具有压倒性的科学共识预测,环境灾难很可能发生——不会太远;它很有可能发生在我们的第三代生活的年代。应对这一灾难的行动得到广泛的支持。正如《代达罗斯》的研究人员所发现的:

> 绝大多数人赞同联邦政府采取措施,减少公用事业公司发电时产生的温室气体排放量。在二〇〇六年,有86%的受访者赞成,要求公用事业,或者以税收优惠鼓励公用事业,减少温室气体的排放量……在同一年,有87%的人赞成给公用事业公司税收优惠,只要它们增加水、风能或太阳能的发电……这一多数比例在二〇〇六年至二〇一〇年间得以保持,在那之后这一比例有所下降。[8]

公众受到科学影响这一事实使那些主导经济和国家政策的人深感不安。目前有一个例子可以阐明他们的关注，美国立法交流委员会(ALEC)正在向立法机构提出《环境知识改善法案》。该委员会是由企业资助的游说团体，他们策划立法以服务企业部门和极端财富的需求。ALEC的法案要求，从幼儿园到十二年级进行"平衡"气候科学的强制性教学。"平衡教学"是一个暗语，指的是在教学中否认气候变化，以"平衡"主流的气候科学。这与神创论者提倡的"平衡教学"如出一辙，让公立学校能够教授"神创科学"。[9]以ALEC模式为基础的立法，已经被引入好几个州。

ALEC的立法是基于哈特兰研究所的一个项目，这是一个由企业资助的智库，致力于拒绝科学研究就气候问题达成的共识。哈特兰研究所的项目呼吁"从幼儿园到十二年级增设全球变暖课程"，旨在讲解"人类是否正在改变气候的问题存在重大争议"。[10]当然，所有这些都乔装在教授批判性思维的花言巧语之中——毫无疑问，想法不错，其实很容易想出更好的办法，而不是因为它对企业利润的重要性而挑出这个问题。

有一个争议确实存在，媒体经常报道。一方是绝大多数科学家，世界所有主要国家的科学院，专业科学期刊，以及政府间气候变化专门委员会(IPCC)。他们一致认为全球正在变暖；一致认为存在实质性的人为因素；一致认为情况严重，或许难以收拾；一致认为在不久的将来，也许在几十年内，世界可能会到达一个临界点，全球变暖过程急剧升级，不可逆转，造成严重的社会和经济影响。在复杂的科学问题上，很少能找到这样的共识。

另一方是怀疑论者，包括少数受人尊敬的科学家。他们警告说，有很多东西尚不为人所知——这意味着事情可能没有想象的那么糟糕，也有可能更糟。

在这场人为的辩论之外,有更大一群怀疑论者:他们是备受尊敬的气候科学家,认为 IPCC 的定期报告过分保守。不幸的是,他们被一再证明是正确的。他们虽然在科学文献中非常突出,但很少参与公众辩论。

企业游说团体正在展开一场散布怀疑的运动,声势浩大,而哈特兰研究所和 ALEC 只是其中的一部分。他们怀疑科学家所达成的几乎一致的共识:人类活动正在对全球变暖产生重大影响,不容乐观。这场运动是公开的,参与者包括化石燃料工业的游说组织、美国商会(主要的商业游说团体)以及其他游说组织。然而,ALEC 和著名的科赫兄弟*的参与只是其中的冰山一角。该运动的发起,情况复杂,不为人知,不过有时候会露出端倪。例如,苏珊娜·戈登堡目前在《卫报》的一份报告中发现,"保守派亿万富翁利用秘密资金渠道,输送了近一亿两千万美元……给一百多个对气候变化背后的科学表示怀疑的团体",帮助"建立一个庞大的智库和活动团体网络,旨在达到单一的目的:为了铁杆保守派,将气候变化从中立的科学事实,重新定义为两极高度分化的'楔形问题'。"[11]

宣传活动显然对美国公众舆论产生了一些影响。公众舆论比全球标准更持怀疑态度了。但是,宣传效果的显著性还不足以让主人满意。这大概就是企业界各部门正在攻击教育系统的原因,企图抗衡公众关注科学研究结论的危险趋势。

几周前在共和党全国委员会冬季会议上,州长鲍比·金达尔警告领导层说:"我们必须停止成为一个愚蠢的政党……我们必

---

* 科赫兄弟是美国石油产业大亨,旗下的企业集团以石油产业为主,还涉及医药、化工、机械等。他们是美国最大的未上市的家庭式私人企业集团。

须停止对选民智慧的侮辱。"[12]相比之下，ALEC 及其企业支持者希望这个国家成为"愚蠢的国家"——出于原则上的原因。

捐助者信托机构是资助否认气候变化的亿万富翁黑金组织之一，也是剥夺贫穷黑人投票权的主要捐助者。这是可信的。非裔美国人往往是民主党人，甚至是社会民主党人，可能更会去关注科学，而不同于那些受到"平衡"教学正规训练的人，会进行批判性的思考。

主要的科学期刊经常给人一种这一切是多么超现实的感觉。以美国主要的科学周刊《科学》为例。在二〇一三年一月十八日出版的一期，有三条并排的新闻。一条新闻报道，二〇一二年是美国有记录以来最热的一年，延续了长期的趋势。第二条新闻报道，美国全球气候变化研究的一项新的研究，进一步证明了人类的活动加速了气候的变化，并且讨论了可能产生的严重影响。第三条新闻报道，众议院选择任命了科学政策委员会新主席。由于政治制度的支离破碎，少数选民选出了共和党占绝大多数的众议院。这三位新主席一致否认人类造成了气候的变化，其中两人否认气候变化正在发生，有一人是化石燃料工业的长期倡导者。同一期有一篇技术性文章，以新的证据表明，不可逆转的临界点可能到了不容乐观的地步。[13]

二〇一三年一月《科学》期刊另有一篇报道，强调有必要确保我们成为愚蠢的国家。[14]该报告提供的证据表明，即使气温略微上升，低于目前预期的未来几年的温度，也可能开始融化永久的冻土，结果可能引发大量被困在冰中的温室气体的释放。最好继续"平衡教学"吧——也就是说，如果我们可以面对我们的第三代，而我们正在马不停蹄地摧毁他们的生活。

在 RECD 内，为了经济和政治体制主人获取短期利益，我们

126

成为愚蠢的国家就极其重要了,不要被科学和理性误导,管他该死的后果。这些承诺深深扎根于市场原教旨主义的教义中。这种教义在 RECD 内部得到宣扬,但是又被高度选择性地遵守,以便维持一个强大的、为财富和权力服务的国家——经济学家迪安·贝克称之为"保守的保姆国家"。[15]

这些官方的教义受挫于一些为人熟悉的"市场效率低下"的现象,其中之一是未能考虑市场交易对他人产生的影响。这些"外部性"可能会产生实质性的后果。当前的金融危机就是一个例证:这场危机的部分原因可以追溯为忽略了"系统性风险"——整个系统将会崩溃的可能性——当主要银行和投资公司从事有风险、因此有利可图的交易时。环境灾难则严重得多:被忽视的外在因素包括物种的命运。一旦无处安身,只能低三下四地请求解困。

这些后果根深蒂固的原因在于 RECD 以及它的指导原则。RECD 以及它的指导原则还发号施令,要求主宰者应该竭尽全力加剧这些不祥之兆。这是一个原因——不是唯一的原因——为什么文明似乎不太可能在不受严重打击的情况下在 RECD 中得以幸存。

未来的历史学家会回顾二十一世纪初形成的一个奇怪的景象。由于他们自己的行为——人类正在破坏体面生存的基础——人类在历史上第一次面临重大灾难,前景堪忧。对此存在着一系列的反应。一个极端是,有些人寻求采取果断行动,以防止可能发生的灾难。另一个极端是,大张旗鼓地否认正在发生的现象,使大众麻木不仁,不去干扰短期的利润。主导加剧可能发生灾难的行为的,是世界史上最富有和最强大的国家,以及首屈一指的典范 RECD,他们具有无可比拟的优势。带头努力保护生存条件而让我们的直接后代可能过上体面生活的是所谓的"原始"社会：第一民族*、部落、原住民、土著居民。

　　一些国家原住民群体庞大并且具有影响力，他们一马当先，正在寻求对地球的保护。一些国家将原住民赶尽杀绝或者极端边缘化，他们充满热情，正在奔向灭亡。所以，拥有大量原住民的厄瓜多尔，正在寻求富裕国家的援助，允许它将其可观的石油储量藏在地下，藏在应该藏的地方。与此同时，美国和加拿大热情地寻求燃烧化石燃料，包括极其危险的加拿大焦油砂，行动迅速而彻底；他们欢呼能源独立，赞美这是百年的奇迹（基本上毫无意义），顾不上看一眼在肆无忌惮的自我毁灭之后，这个世界可能的模样。

　　观察结果概括如下：在世界各地，原住民社会正在奋力保护他们有时称之为"自然权利"的东西，而文明和工于心计的社会却对这种愚蠢嗤之以鼻。

　　这一切都与理性所预测的背道而驰——除非这是一种曲解的理性形式，可以通过 RECD 扭曲的过滤器。

---

* Frist Nations，数个加拿大境内民族的通称，指现今加拿大境内的北美洲原住民及其子孙，但是不包括因纽特人和梅蒂人。

注　释

引　语

1. Adam Smith, *The Wealth of Nations* (Oxford: Clarendon Press, 1976), Book III, chapter 4, p.418.

前　言

1. Noam Chomsky, "The Responsibility of Intellectuals," in *The Essential Chomsky*, ed. Anthony Arnove (New York: The New Press, 2008), p.40.

2. Noam Chomsky, *On Power and Ideology: The Managua Lectures* (Boston: South End Press, 1987), p.140.(新版将于 2015 年由 Haymarket Books 出版。)

3. Samuel Arthur Jones, *Thoreau's Incarceration, As Told by His Jailer* (Berkeley Heights, NJ: Oriole Press, 1962), p.18. Samuel Arthur Jones and George Hendrick, *Thoreau Amongst Friends and Philistines, and Other Thoreauviana*(Athens, OH: Ohio University Press, 1982), pp.xxvi and 241.

4. 参见 Piero Gleijeses, *Shattered Hope: The Guatemalan Revolution and the United States, 1944—1954* (Princeton, NJ: Princeton University Press, 1991)。

5. Noam Chomsky and Edward S. Herman, *The Political Economy of Human Rights, Volume I: The Washington Connection and Third World Fascism*(Boston: South End Press, 1979), p.100.(新版将于 2014 年由 Hay-

market Books 出版。)

6. Noam Chomsky, "Foreign Policy and the Intelligentsia," in *The Essential Chomsky*, p.167.

7. 参见 Gabriel Kolko, *The Politics of War: The World and United States Foreign Policy, 1943—1945* (New York: Random House, 1968); Joyce Kolko and Gabriel Kolko, *The Limits of Power: The World and United States Foreign Policy, 1945—1954* (New York: Harper & Row, 1972); Denna Frank Fleming, *The Cold War and Its Origins, 1917—1960* (Garden City, NY: Doubleday, 1961); and Laurence H. Shoup and William Minter, *Imperial Brain Trust: The Council on Foreign Relations and United States Foreign Policy* (New York: Monthly Review Press, 1977)。

8. Chomsky, "The Responsibility of Intellectuals," in *The Essential Chomsky*, pp.39—62.

9. 参见 V. G. Kiernan, *America: The New Imperialism; From White Settlement to World Hegemony* (London: Zed, 1978); Walter LaFeber, *The New Empire: An Interpretation of American Expansion, 1860—1898* (Ithaca, NY: Cornell University Press, 1963); Richard Warner Van Alstyne, *The Rising American Empire* (New York: Norton, 1974); William Appleman Williams, *The Tragedy of American Diplomacy*, 2nd ed. (New York: Dell, 1972); and William Appleman Williams, *The Contours of American History* (New York: Norton, 1988)。

一　知识与权力:知识分子与福利—战争国家

1. 引文出自多篇文章,参见 Carl Resek, ed., *War and the Intellectuals* (New York: Harper, 1964)。

2. John K. Galbraith, *The New Industrial State* (New York: Houghton Mifflin, 1967).

3. Barrington Moore Jr., "Revolution in America?" *New York Review of Books*, January 30, 1969.

4. Barrington Moore Jr., "Thoughts on Violence and Democracy," *Proceedings of the Academy of Political Science* 29, no.1(1968); Robert H. Connery, ed., *Urban Riots: Violence and Social Change* (New York: Vintage Books, 1969).

5. Melvin Laird, *A House Divided*: *America's Strategy Gap* (Washington, DC: Henry Regnery, 1962). 毫不奇怪,他总结道:"主动性军事战略的第一步,应该是可信地宣布我们在必要时先发制人的决心,以保护我们的切身利益"。只有这样,才能履行"我们的道德责任,建设性地运用我们的权力,以防止共产主义破坏我们世界文明的遗产"。更多出自这项出色文档的引用,可参见:*I. F. Stone's Weekly*, December 30, 1968。比较《纽约时代杂志》军事专家汉森·鲍德温(Hanson Baldwin)的观点,他恳求在后越南(战争)时代,当我们发现难以"支持受到攻击的政府,并确保它们不受蔓延的共产主义影响"时,我们应准备"在技术上而不是在人力上升级(战争)":"这种升级可能使用外来的新常规武器,或者在目标和地理位置有利、在严格限制的条件下利用小型核装置进行防御"(*New York Times Magazine*, June 9, 1968)。特别有意思的是"防御目的"的概念。据我所知,这是唯一一个战争部部长表示赞成可能的预防性战争以及新闻界的主要军事专家主张首先使用核武器的国家。

6. 相关讨论可参见拙著:*American Power and the New Mandarins* (New York: Pantheon, 1969),尤其是第 3 章,"The Logic of Withdrawal"。(该书 2002 年由 The New Press 再版。)

7. Moore Jr., "Revolution in America?"

8. 在诸多方面(都有害)。例如,一场战争要求政府将开支转移到靴子和子弹上,却未能使技术先进的经济部门受益,这一事实已经被许多人注意到。作为比较:Michael Kidron, *Western Capitalism since the War* (London: Weidenfeld and Nicholson, 1968),作者评论了"越南战争的技术倒退影响及其向相对劳动密集型产品的转变"。

9. 一个极其愤世嫉俗的例子是伊锡尔·普尔(Ithiel Pool)的评论:Feffer, ed., *No More Vietnams*? 他本人对这些言论的解读见 *New York Review of Books*, letters, February 16, 1969。

10. Peter Kropotkin, *The State*: *Its Historic Role* [1896] (London: Freedom Press, 1911).

11. Mikhail Bakunin, *The State and Anarchy*,被丹尼尔·盖林(Daniel Guèrin)引用:*Jeunesse du socialisme libertaire* (Paris: Marcel Rivière, 1959)。

12. 例如,可以参考丹尼尔·贝尔(Daniel Bell)信息丰富的论文:Daniel Bell, "Two Roads from Marx,"重印并收录在其著作:*The End of*

Ideology：*On the Exhaustion of Political Ideas in the Fifties*(New York：Free Press，1960)。

13. Rosa Luxemburg，*The Russian Revolution*，于 1918 年在狱中撰写。

14. 英文译本被重印，并与著作《俄国革命》(*The Russian Revolution*)一道被收入伯伦特·沃尔夫(Bertram Wolfe)的编著：Rosa Luxemburg，*The Russian Revolution and Leninism or Marxism?* (Ann Arbor：University of Michigan Press，1961)。(强调系卢森堡所加。)

15. 罗莎·卢森堡的结束语：Rosa Luxemburg，*Leninism or Marxism?*

16. 在后一方面，参见迈克尔·罗金(Michael Rogin)在当代自由社会学中对文章"The Pluralist Defense of Modern Industrial Society"的卓越批判：Michael Paul Rogin，*The Intellectuals and McCarthy*：*The Radical Specter*(Cambridge，MA：MIT Press，1967)。

17. 关于事件与回应的讨论，参见拙著：*American Power and the New Mandarins*，Chapter 1，"Objectivity and Liberal Scholarship"。

18. 乔治·扎尼诺维奇(George Zaninovich)做了简要而有益的评论：George Zaninovich，*The Development of Socialist Yugoslavia* (Baltimore，MD：Johns Hopkins University Press，1968)。

19. Douglas Pike，*Vietcong*(Cambridge，MA：MIT Press，1966)。作为一部宣传作品，这本书当然从一开始就有污点。但该书具有一定的可信度，因为它提出了一个反对利益的有力论点，但作者显然并不理解这一点。

20. 例如，《朝日新闻》在 1967 年刊登了记者本多胜一(Katsuichi Honda)的目击者证词，并将其翻译成英文：*The National Liberation Front*，*in the series Vietnam—A Voice from the Villages*，c/o Room 506，Shinwa Building，Sakuraga-oka-4，Shibuya-ku，Tokyo。

21. 在这方面，巴勒斯坦部分地区(即后来的以色列)的基布兹(Kibbutzim，以色列的集体农场——译注)提供了一个非常重要的例子。有关分析和讨论，请参阅：Haim Darin Drabkin，*The Other Society*(New York：Harcourt，Brace & World，1962)。这些合作形式的重要性在很大程度上被左派忽略了，原因有二：其一，集体农场在社会和经济上的成功对于"激进的集权者"(radical centralizers)来说似乎并不重要，他们认为走向社会主义是革命先锋队(以某某等的名义)获得权力的问题；其二，这个问题由于一个与集体农场作为一种社会形式问题无关的因素而变得复杂，即中东的民族冲突问题(尽管集体农场作为一种社会形式并无关联，但回顾一下直到1947年集体农场运动左翼反对建立犹太国家想法的实质性运动，在我看来却是正确的）。

22. 列宁在其1920年的小册子中讨论过的"幼稚的极左派"（infantile ultra-leftists）之一。有关列宁对于在获得国家权力前后的观点比较，参见：Robert Daniels, "The State and Revolution：A Case Study in the Genesis and Transformation of Communist Ideology," *American Slavic and East European Review*, February 1953。他强调列宁"在1917年的革命年代"向左的"知识偏向"（intellectual deviation）。在我看来，阿瑟·罗森堡（Arthur Rosenberg）的著作 *A History of Bolshevism：From Marx to the First Five-Years' Plan*［1932］（New York：Doubleday, 1965）仍然是对这一主题的杰出研究，它提出了一种更具同情心的观点（sympathetic view），承认列宁的政治现实主义，但同时又指出其思想基本上的威权特征。有关该主题的更多讨论，参见：Robert Daniels, *The Conscience of the Revolution：Communist Opposition in Soviet Russia*（Cambridge, MA：Harvard University Press, 1960），以及一部实用的论文集，请参见：Helmut Gruber, *International Communism in the era of Lenin：A Documentary History*（Ithaca, NY：Cornell University Press, 1967）；其他文献汗牛充栋，不胜枚举。

23. Anton Pannekoek, *Lenin as Philosopher*，该著作最初以笔名约翰·哈珀（John Harper）在阿姆斯特丹出版：*Lenin als Philosoph. Kritische Betrachtung der philosophischen Grundlagen des Leninismus*, in *Bibliothek der Räekorrespondenz*, No.1, Ausgabe der Gruppe Internationaler Kommunisten, 1938。日期对于理解特定的参考文献至关重要。

24. Zbigniew Brzezinski, "America in the Technetronic Age," *Encounter*, January 1968. 伦纳德·所·西尔克提供了许多内容相似的引文：Leonard S. Silk, "Business Power, Today and Tomorrow," *Daedalus*, Winter 1969。《商业周刊》（*Business Week*）编委会主席西尔克对企业权力转移到"技术官僚机构"的前景持相当怀疑的态度，认为尽管技术结构可能有用，但企业仍将保持其社会主导地位。在美国艺术与科学学院的这项研究中，唯一一个引起严重争议的问题是所有者、管理层和技术结构对公司控制的相对权力。当然没有讨论民众对经济制度的控制问题。

25. Alfred D. Chandler Jr., "The Role of Business in the United States：A Historical Survey," *Daedalus*, Winter 1969.

26. Chandler, "The Role of Business in the United States." 这一经历促

使保罗·萨缪尔森(Paul Samuelson)发表如下评论:"有人说去年是化学家的战争,而今年是物理学家的战争。同样可以说,这是一场经济学家的战争"。*New Republic*, September 11, 1944. 引自:Robert Lekachman, *The Age of Keynes*(New York:Random House, 1966)。考虑到专业经济学家在帮助维持国内稳定,从而可以更成功地赢得战争,我们或许可以将越南战争视为另一场"经济学家的战争"。

27. Jerome Wiesner,引自 H. L. Nieburg, *In the Name of Science*(Chicago:Quadrangle, 1966)。正如尼伯格指出的,"随着军备竞赛(正如我们目前所知道的)暂时得到缓和……空间和科学项目成为政府寻求维持高水平经济活动的新工具"。

28. B. Joseph Monsen, "The American Business View," *Daedalus*, Winter 1969. 有关这些问题的重要观察,请参见:Galbraith, *The New Industrial State*。

29. 引自查尔斯·辉瑞公司(Charles Pfizer and Co.)总裁小约翰·鲍尔斯(John J. Powers Jr.)于 1967 年 11 月 21 日在化学制造商协会(Manufacturing Chemists Association, Inc.)会议上发表的演讲。由北美拉丁美洲大会《时事通讯》重印:*Newsletter*, the North American Congress on Latin America(NACLA) 2, no.7。

30. *New York Times*, May 6, 1967. 引自保罗·马蒂克一篇极富洞见的文章:Paul Mattick, "The American Economy," *International Socialist Journal*, February 1968。

31. 更多讨论, 请参见:Kidron, *Western Capitalism since the War*。

32. "A Brazilian View,"载 Raymond Vernon, ed., *How Latin America Views the American Investor*(New York:Praeger, 1966)。

33. Nieburg, *In the Name of Science*. 更准确的说法是,从狭义上而言,欧洲资本在美国世界体系中扮演初级伙伴的角色最有利于其利益。

34. 引自:Jacques Decornoy, *Le Monde hebdomadaire*, July 11—17, 1968。该引文所在系列内容呈现了目击证人对老挝游击队、巴特寮以及他们对"国家建设"和发展极其详细的描述之一。德科努瓦认为,在这方面,"美国人指责北越军事干预该国。但正是他们说要把老挝人降至为零,而巴特寮则赞扬民族文化和民族独立"。

35. Claude Julien, *L'Empire americain*(Paris:Grasset, 1968).

36. 有关该问题, 请参阅:Andre Gunder Frank, *Capitalism and Under-*

development in Latin America(New York：Monthly Review Press, 1967)，以及其他诸多研究。

37. Bertil Svahnstrom, ed., *Documents of the World Conference on Vietnam*(Stockholm, July 1967).

38. *New York Times*, Bangkok, January 17, 1969. 作者略显天真地认为,选择权在泰国人身上。关于泰国人过去"选择"的一些讨论,请参见拙著：*American Power and the New Mandarins*, Chapter 1。

39. 转引自 Hernando Abaya, *The Untold Philippine Story* (Quezon City：Malaya Books, 1967)。

40. *Far East Economic Review*,重印于 *Atlas*, February 1969。

41. *New York Times Economic Survey*, January 17, 1969.

42. Marcel Niedergang,载 *Le Monde hebdomadaire*, December 12—18, 1968。引文系军事学院教授们所说的话,他们构建了"摩尼教世界观:共产主义东方对抗基督教西方",通过这种方式取乐于约翰·福斯特·杜勒斯(John Foster Dulles)、迪安·腊斯克(Dean Rusk)、梅尔文·莱尔德(Melvin Laird)及其他名人。

43. 转引自 Akira Iriye, *Across the Pacific*(New York：Harcourt, Brace & World, 1967)。

44. Nieburg, *In the Name of Science*.

45. Nieburg, *In the Name of Science*.

46. 演讲稿, Millsaps College, Jackson, Mississippi, February 24, 1967。其他人对管理权威提出了不同的理由。例如,历史学家威廉·莱特温(William Letwin)解释说,"任何社区都离不开管理者",他们的角色是"在私人公司内部做出武断的决定",因为"在生产中无法消除做出最终任意选择的功能"("The Past and Future of American Businessmen," *Daedalus*, Winter 1969)。莱特温觉得"让人放心……(因为)如今的管理者对收入和财富表现出与过去的商人一样的强烈欲望,这促使他们大胆进取",但他没有指出,按照这种管理理论,管理者可以被一个随机数字表所取代。

47. "在一九五〇年代末,美国超过十分之九的飞机和零部件的最终需求是政府,绝大多数是军方支付的:几乎五分之三的有色金属需求、一半以上的化学品和电子产品需求、超过三分之一的通信设备和科学仪器需求,皆为如此;以此类推列出了 18 个主要行业,其中十分之一或更多的最终需求来自政府采购"。Kidron, *Western Capitalism since the War.*他还引述经合组织(OECD)1963 年的一份报告指出,"为军事和空间目的开发的产品和技术直接转让给民用部门的数量非常少⋯⋯(而且)这种直接转移的可能性将趋于减少"。

48. Kidron, *Western Capitalism since the War.*

49. Nieburg, *In the Name of Science.*

50. 加尔布雷思的著作《新工业国家》(*New Industrial State*)的主要论点。理查德·巴尼特(Richard Barnet)对政治领域进行了一项类似分析,探讨了国家安全官僚机构在外交政策中的作用。参见其著作:*No More Vietnams?* 以 及 *Intervention and Revolution*(New York:New American Library, 1969)。在不否认其分析相关性的情况下,应当补充:这个"组织"的目标与大公司的目标大体一致。即使在帝国主义早期,旗帜和枪炮先于英镑、法郎或美元出现,而非之后。这并非是未知的。

51. 正如加尔布雷思所说:"商品是工业系统提供的东西"。因此,"需求管理"就提供了这种服务;"总的来说,它为商品整体上提供了一个无情的宣传",从而有助于"发展(实现)工业系统目标所需要的人——一个可靠地花费其收入并可靠地工作的人,因为他总是欲壑难填"。

52. Lekachman, *Age of Keynes.*

53. "就像 1964 年的税收丰收一样,1965 年的大部分(税收)改善将由繁荣的公司和富有的个人来实现"(Lekachman, *Age of Keynes*)。美国税收结构退化的特征常常被忽视。参见:Gabriel Kolko, *Wealth and Power in America:An Analysis of Social Class and Income Distribution*(New York:Praeger, 1962)。美 国 国 会 经 济 顾 问 委 员 会(Council of Economic Advisors)目前的报告指出:"作为收入的一部分,低收入阶层的家庭比收入在 6 000 至 15 000 美元之间的家庭缴纳的税更高。这反映了低收入家庭因州税和地方税而承受沉重的税负⋯⋯联邦税也通过社会保障工资税加重了这一负担"。已经详细讨论了较高收入阶层的避税手段,石油消耗津贴只是最臭名昭著的例子。

54. 一项理由充分的分析,可参见 Michael Harrington, *Toward a Democratic Left*(New York:Macmillan, 1968)。另参见评论:Christopher Lasch, *New York Review of Books*, July 11, 1968。

55. Harrington, *Toward a Democratic Left.*

56. 参见保罗·马蒂克(Paul Mattick)的贡献,载 Priscilla Long, ed.,

The New Left(Boston：Porter Sargent，1970)。一项信息量丰富的调查，带有强烈偏差地反对激进的期待，参见 Adolf Sturmthal，*Workers' Councils*：*A Study of Workplace Organization on Both Sides of the Iron Curtain*(Cambridge，MA：Harvard University Press，1964)。

57. 例如，可以参考 Adam Ulam，*The Unfinished Revolution*(New York：Random House，1960)。他认为，"资本主义的蓬勃发展有助于马克思主义社会主义在工人中的发展；但是，马克思主义迅速消灭工人中的工团主义者和无政府主义情绪，也是资本主义蓬勃发展的一个因素！马克思主义的经验被工人吸收了：他接受了工业劳动及其附属物的必然性，从而提高了工作效率；他的阶级敌意并未表现在对他希望继承的工业和政治制度的破坏之上"。简而言之，革命运动可以在反对其目标的同时，有助于创造一个"耐心和纪律严明的工人阶级"(Ulam，转引自 Arthur Redford)。

58. 部分叙述被重印并载于 Mitchell Cohen and Dennis Hale，ed.，*The New Student Left*：*An Anthology*，2nd ed.(Boston：Beacon Press，1967)。

59. *New Left Notes*，December 11，1968. 我很难相信，这位熟悉哈佛大学的作者真的认为内森·普西(Nathan Pusey)是帝国主义在哈佛校园的代表。

60. 回想一下乔治·奥威尔(George Orwell)痛苦而准确的描述："特别是在左派，政治思想是一种自慰式的幻想，事实的世界几乎不重要"。

二 例外情形

1. William Quandt，*Decade of Decisions*：*American Policy Toward the Arab-Israeli Conflict*，*1967—1976*(Berkeley：University of California Press，1977).

2. Charles W. Yost，"The Arab-Israeli War,"*Foreign Affairs*，January 1968；约斯特将其视为"六日战争的序幕"。

3. John Cooley，*Green March*，*Black September*：*The Story of the Palestinian Arabs*(London：Frank Cass Publishers，1973).

4. Yahuda Slutzky，*Sefer Toldot Hahaganah*[*The History of the Haganah*](Tel Aviv：Zionist Library，1972).

三 杀戮的圣谕

1. Richard Wightman Fox，*Reinhold Niebuhr*：*A Biography*(New York：

Pantheon, 1985); Robert McAfee Brown, ed., *The Essential Reinhold Niebuhr: Selected Essays and Addresses* (New Haven, CT: Yale University Press, 1986). 引文出自这两本书;或其书评或封面评语(除非另有标注): David Brion Davis, *New York Review of Books*, February 13, 1986; Christopher Lasch, *In These Times*, March 26, 1986; Paul Roazen, *New Republic*, March 31, 1986。邦迪引文转述自 Davis. Schlesinger, "Reinhold Niebuhr's Role in Political Thought," in Charles W. Kegley and Robert W. Bretall, eds., *Reinhold Niebuhr: His Religious, Social, and Political Thought* (New York: Macmillan, 1956)。Kenneth W. Thompson, *Words and Deeds in Foreign Policy*, Fifth Annual Morgenthau Memorial Lecture (New York: Council on Religion and International Affairs, 1986).

2. 除非另有标注,本章后文的引文来自此两卷本著作。

3. Reinhold Niebuhr, "The Christian Church in a Secular Age," 1937, in Brown, ed., *The Essential Reinhold Niebuhr*; 着重号为本人所加。

4. Reinhold Niebuhr, "Optimism, Pessimism, and Religious Faith," 1940, in Brown, ed., *The Essential Reinhold Niebuhr.*

5. Sidney Hook, *Towards the Understanding of Karl Marx* (New York: John Day, 1933).

6. Reinhold Niebuhr, *The Irony of American History* (New York: Charles Scribner's Sons, 1952), p.115.

7. 参见 Nathan Miller, *The Founding Finaglers* (New York: David McKay, 1976)。

8. Hans J. Morgenthau, *In Defense of the National Interest: A Critical Examination of American Foreign Policy* (New York: Alfred A. Knopf, 1951).

四 "未经同意的同意":对民主理论与实践的反思

1. 本章经 *Cleveland State Law Review* 许可转载。

2. Jeffrey H.Birnbaum, "As Clinton Is Derided as Flaming Liberal by GOP, His Achievements Look Centrist and Pro-Business," *Wall Street Journal*, October 7, 1994, p.A12; Rick Wartzman, "Special Interests, With Backing of GOP, Defeat Numerous White House Efforts," *Wall Street Journal*, October 7, 1994, p.A12; and David Broder and Michael Weiskopf,

"Finding New Friends on the Hill," *Washington Post National Weekly*, October 3—9, 1994.

3. Susan B. Garland and Mary Beth Regan, with Paul Magnusson and John Carey, "Back to the Trenches," *Business Week*, September 17, 1995, p.42.

4. Helene Cooper, "Ron Brown Worked Tirelessly for U. S. Industry But Got Little Support from Business in Return," *Wall Street Journal*, April 5, 1996, p.A10.

5. Thomas Ferguson, *Golden Rule: The Investment Theory of Party Competition and the Logic of Money-Driven Political Systems* (Chicago: University of Chicago Press, 1995).

6. Everett Carl Ladd, "The 1994 Congressional Elections: The Postindustrial Realignment Continues," *Political Sociology* 110 (Spring 1995); John Dillin, "Brown Refuses to Endorse Clinton," *Christian Science Monitor*, July 14, 1992, p.2; Greer, Margolis, Mitchell, Burns & Associates, *Being Heard: Strategic Communications Report and Recommendation*, prepared for AFL-CIO, March 21, 1994; and "America, Land of the Shaken," *Business Week*, March 11, 1996, p.64.

7. 关于二战后初期,参见 Elizabeth Fones-Wolf, *Selling Free Enterprise: The Business Assault on Labor and Liberalism, 1945—60* (Urbana-Champaign, IL: University of Illinois Press, 1994)。关于 1980 年代中期,参见 Vicente Navarro, "The 1984 Election and the New Deal," *Social Policy*, Spring 1985; Thomas Ferguson and Joel Rogers, "The Myth of America's Turn to the Right," *Atlantic*, May 1986; 以及 Ferguson and Rogers, *Right Turn: The Decline of the Democrats and the Future of American Politics* (New York: Hill & Wang, 1986)。

8. *Los Angeles Times*, November 20, 1994, 转引自 Doug Henwood, "The Raw Deal," *Nation*, December 12, 1994, p.711。

9. Mark N. Vamos, "Portrait of a Skeptical Public," *Business Week*, November 20, 1995, p.138.

10. Alex Carey, *Taking the Risk Out of Democracy: Propaganda in the US and Australia* (Sydney: University of New South Wales Press, 1995); Fones-Wolf, *Selling Free Enterprise*, p.52 and 177.

11. Jason DeParle, "Class is No Longer a Four-Letter Word," *New York Times Magazine*, March 17, 1996, p.40.

12. Kim Moody, *An Injury to All: The Decline of American Unionism* (New York: Verso, 1988), p.147.

13. Fones-Wolf, *Selling Free Enterprise*, pp.44—45 and 117.

14. Meg Greenfield, "Back to Class War," *Newsweek*, February 12, 1996, p.84; Editorial, "The Backlash Building against Business," *Business Week*, February 18, 1996, p.102; John Liscio, "Is Inflation Tamed? Don't Believe It," *Barron's*, April 15, 1996, pp.10—11.

15. 参见 Charles Sellers, *The Market Revolution: Jacksonian America, 1815—1846*(Oxford: Oxford University Press, 1991), p.106; Alexis De Tocqueville, *Democracy in America*, ed. Phillips Bradley(New York: Alfred A. Knopf, 1945), vol. 2, chapter 20, p.161。关于约翰·杜威,尤其参见 Robert Westbrook, *John Dewey and American Democracy*(Ithaca, NY: Cornell University Press, 1991)。

16. Norman Ware, *The Industrial Worker, 1840—1860*(Chicago: Ivan R. Dee, 1990).

17. James Perry, "Notes From the Field," *Wall Street Journal*, February 26, 1996, p.A20.

18. Ferguson, *Golden Rule*, p.72.

19. Albert R. Hunt, "Politics and People: The Republicans' Claiming High Ground," *Wall Street Journal*, February 22, 1996, p.A15.

20. Henry Adams, *History of the United States of America during the Administrations of Thomas Jefferson* (New York: Literary Classics of the United States, Inc., 1986), p.61.

21. "Clinton Warns of Medicaid Plan," *Boston Globe*, October 1, 1995, p.12.

22. Alan Murray, "The Outlook: Deficit Politics: Is the Era Over?" *Wall Street Journal*. March 4, 1996, p.A1.

23. New York Times/CBS News Poll, *New York Times*, October 1, 1995, p.4.

24. Business Week/Harris Executive Poll, *Business Week*, June 5, 1995, p.34.

25. Robert Siegel, National Public Radio, *All Things Considered*, May 12, 1995.

26. Knight-Ridder, "GOP Pollster Never Measured Popularity of 'Contract,' Only Slogans," *Chicago Tribune*, November 12, 1995, p.11; Michael Weisskopf and David Maraniss, "Gingrich's War of Words," *Washington Post*(national weekly edition), November 6—12, 1995, p.6.

27. Michael Dawson, *The Consumer Trap: Big Business Marketing and the Frustration of Personal Life in the United States since 1945*, Ph. D. Dissertation, University of Oregon, August 1995.

28. Edward L.Bernays, *Propaganda* [1928](Brooklyn: Ig Publishing, 2004).

29. David S.Fogelsong, *America's Secret War Against Bolshevism: U.S. Intervention in the Russian Civil War, 1917—1920*(Chapel Hill, NC: University of North Carolina Press, 1995), p.28.

30. Patricia Cayo Sexton, *The War on Labor and the Left* (Boulder, CO: Westview Press, 1991), p.112; David Montgomery, *The Fall of the House of Labor: The Workplace, the State, and American Labor Activism, 1865—1925*(Cambridge: Cambridge University Press, 1987), p.7.

31. Samuel Huntington, "Vietnam Reappraised," *International Security* 6, no.1(Summer 1981), p.14.

32. 参见 Frank Kofksy, *Harry S. Truman and the War Scare of 1948* (New York: Macmillan, 1993); Noam Chomsky, *Turning the Tide: U.S. Intervention in Central America and the Struggle for Peace*, expanded ed. (Boston: South End Press, 1985),新版将于2015年由Haymarket Books 出版;Noam Chomsky, *World Orders, Old and New*, expanded edition(New York: Columbia University Press, 1996)。

33. Eyal Press, "GOP 'Responsibility' on US Arms Sales," *Christian Science Monitor*, February 23, 1995, p.19.

34. Gerald K. Haines, *The Americanization of Brazil: A Study of U.S. Cold War Diplomacy in the Third World, 1945—1954*(Wilmington, DE: Scholarly Resources, 1989), pp.ix, 121.

35. Stephen Streeter, "Campaigning against Latin American Nationalism: John Moors Cabot in Brazil, 1959—1961," *The Americas* 51, no.2

(October 1994), pp. 193—218, citing a report to the National Security Council, May 21, 1958.

36. John Foster Dulles, Telephone Call to Allen Dulles, "Minutes of telephone conversations of John Foster Dulles and Christian Herter," June 19, 1958(Eisenhower Presidential Library, Abilene, KS).

37. Thomas Carothers, "The Reagan Years: The 1980s," in Abraham Lowenthal, ed., *Exporting Democracy: The United States and Latin America* (Baltimore, MD: Johns Hopkins University Press, 1991), pp. 90—122; Thomas Carothers, *In the Name of Democracy: U. S. Policy Toward Latin America in the Reagan Years*(Berkeley, CA: University of California Press, 1991), p.249.

38. Richard Bernstein, "The U. N. versus the U. S.," *New York Times Magazine*, January 22, 1984, p.18.

39. Abram Sofaer, "The United States and the World Court," U. S. Department of State, Bureau of Public Affairs, *Current Policy*, no. 769 (December 1985),向参议院外交关系委员会的陈述。感谢塔伊布·马哈茂德(Tayyab Mahmud)提醒我关注这一点。

40. Robert Fogelnest, "President's Column," *The Champion*, March 1996, p.5.

41. Stuart Creighton Miller, *Benevolent Assimilation: The American Conquest of the Philippines, 1899—1903*(New Haven, CT: Yale University Press, 1982), pp.74, 78, and 123.

42. *Allen v. Diebold, Inc.*, 33 F. 3d 674 (United States Court of Appeals, Sixth Circuit, decided September 6, 1994).

43. Francis Hutcheson, *A System of Moral Philosophy* [1755] (New York: August M. Kelley, 1968); Sheldon Gelman, "'Life' and 'Liberty': Their Original Meaning, Historical Antecedents, and Current Significance in the Debate over Abortion Rights," *Minnesota Law Review* 78, no.585(February 1994), p. 644, citing Hutcheson, *A System of Moral Philosophy*, p.231.

44. 参见 Gordon S. Wood, *The Radicalism of the American Revolution* (New York: Vintage, 1991), p.245。

45. James G. Wilson, "The Role of Public Opinion in Constitutional

Interpretation," *Brigham Young University Law Review* 1993, no.4(November 1993), p.1055, quoting John Randolph, *Considerations on the Present State of Virginia*(1774).

46. 重要的近期研究包括 Jennifer Nedelsky, *Private Property and the Limits of American Constitutionalism*: *The Madisonian Framework and Its Legacy*(Chicago: University of Chicago Press, 1990); Richard Matthews, *If Men Were Angels*: *James Madison and the Heartless Empire of Reason*(Lawrence, KS: University Press of Kansas, 1994); Lance Banning, *The Sacred Fire of Liberty*: *James Madison and the Founding of the Federal Republic* (Ithaca, NY: Cornell University Press, 1995)。

47. Jonathan Elliot, ed., *The Debates in the Several State Conventions*: *On the Adoption of the Federal Constitution*, *as Recommended by the General Convention at Philadelphia*, *in 1787*, 4 vols. (Philadelphia: J. B. Lippincott Company, 1907), p.45.

48. 参见注 36。

49. Gordon S. Wood, *The Creation of the American Republic*(Chapel Hill, NC: University of North Carolina Press, 1969), pp.513—514. 伍德的论点是,这项事业失败了,涌现出的"民主社会并非革命领袖渴望或预期的社会",并非奠基于共和美德与启蒙之上(注44,第142页)。然而,共和主义的失败是否带来了民主的胜利,在很大程度上取决于我们如何理解民主以及随后发生的事件。许多人,甚至包括许多工人阶级白人,都有不同的看法。

50. Gerald Colby and Charlotte Dennett, *Thy Will Be Done*: *The Conquest of the Amazon*; *Nelson Rockefeller and Evangelism in the Age of Oil* (New York: Harper Collins, 1995), p.15.

51. Sidney Plotkin and William E. Scheurman, *Private Interests Public Spending*: *Balanced-Budget Conservatism and the Fiscal Crisis* (Boston: South End Press, 1994), p.223.

52. Vincent Cable, "The Diminished Nation-State: A Study in the Loss of Economic Power," *Daedalus* 124, no.2 (Spring 1995), citing the *UN World Investment Report*(1993).

53. Robert Hayes, "U. S. Competitiveness: 'Resurgence' versus Reality," *Challenge* 39, no.2(March/April 1996), pp.36—44. 关于美国公

司"臃肿的、头重脚轻的管理与监督官僚体系"（超出德国与日本三倍多），以及"公司冗员"与（同样不同寻常的）美国"工薪紧缩"之间的关系，参见 David M. Gordon, *Fat and Mean: The Corporate Squeeze of Working Americans and the Myth of Managerial "Downsizing"* (New York: Free Press, 1996)。

54. Judith H.Dobrzynski, "Getting What They Deserve? No Profit Is No Problem for High-Paid Executives," *New York Times*, February 22, 1996.更详细的数据参见 Lawrence R. Mishel and Jared Berenstein, *The State of Working America: 1994—95*(Armonk, NY: M. E. Sharpe, 1994)。

55. US Department of Commerce, *Survey of Current Business*, 75, no.8 (August 1995), pp.97 and 112.

56. Bernard Wysocki Jr., "Life and Death: Defense or Biotech? For Capital's Suburbs, Choices Were Fated," *Wall Street Journal*, December 12, 1995, pp.Al and A5.

57. Peter Applebome, "A Suburban Eden Where the Right Rules, with Conservatism Flowering among the Malls," *New York Times*, August 1, 1994.

58. Joseph S. Nye and William A. Owens, "America's Information Edge," *Foreign Affairs*, March/April 1966, p.20.

59. Larry W. Schwartz, "Route 128 May Be the Road to a Free-Market Economy," *Boston Globe*, March 22, 1996, p.23,改编自同作者文章"Venture Abroad: Developing Countries Need Venture Capital Strategies," *Foreign Affairs*, November/December 1994, pp.15—18,补充了波士顿128号公路的内容。

60. John Cassidy, "Who Killed the Middle Class?" *New Yorker*, October 16, 1995, pp.113—124.

61. Winfried Ruigrok and Rob van Tulder, *The Logic of International Restructuring: The Management of Dependencies in Rival Industrial Complexes*(New York: Routledge, 1995), pp.217 and 221—222.

五 简单的真理，难解的问题：关于恐怖、正义和自卫的一些思考

1. 相关资料来源，请参考拙著 *New Military Humanism: Lessons from Kosovo*(Monroe, ME: Common Courage Press, 1999); *A New Generation*

Draws the Line：Humanitarian Intervention and the "Responsibility to Protect" Today, expanded ed.(Boulder, CO：Paradigm Publishers, 2012)以及 *Hegemony or Survival：America's Quest for Global Dominance*, 2nd ed. (New York：Metropolitan/Owl, 2004)。有些引文,包括这些引文,不容易在比较普通的著作中或在我最近出版的书中找到,所以我会继续在这一章中引用。

2. Elizabeth Becker, "Kissinger Tapes Describe Crises, War and Stark Photos of Abuse,"*New York Times*, May 27, 2004.

3. Telford Taylor, *Nuremberg and Vietnam：An American Tragedy*(New York：Times Books, 1970).

4. Edward Alden, "Dismay at Attempt to Find Legal Justification for Torture,"*Financial Times*, June 10, 2004.

5. Justice Richard Goldstone, "Kosovo：An Assessment in the Context of International Law," Nineteenth Annual Morgenthau Memorial Lecture, Carnegie Council on Ethics and International Affairs, May 12, 2000.

6. MichaelGeorgy, "Iraqis want Saddam's Old U.S. Friends on Trial," *Reuters*, January 20, 2004.

7. 关于这一行动和其他类似的军事行动材料,有一部分源于《新闻周刊》(*Newsweek*)西贡社社长凯文·巴克利(Kevin Buckley)未发表的调查,参见 Chomsky and Herman, *The Washington Connection and Third World Fascism*(Montreal：Black Rose Books, 1979)。

8. Arnon Rgular, *Ha'aretz*, May 24, 2003,由阿巴斯提供的, 根据布什和他精心挑选的巴勒斯坦总理马哈茂德·阿巴斯之间的会议记录。同时参阅 Howard Fineman, "Bush and God," *Newsweek*, March 10, 2003 的头版新闻,有关布什对上帝的信仰,以及他发布命令与上帝的直接联系。也可参阅美国公共电视台纪录片, "The Jesus Factor," *Frontline*, April 29, 2004, dir. Raney Aronson, 记录了布什带到白宫的"宗教理想", "有关布什把民主嫁接到世界其他各地的救世主使命"；Sam Allis, "A Timely Look at How Faith Informs Bush Presidency", *Boston Globe*, February 29, 2004。白宫的助手们对布什"越来越古怪的行为"表示担忧,因为他"宣布自己的决定是'上帝的意志'"；Doug Thompson, *Capitol Hill Blue*, June 4, 2004。

9. Gordon S. Wood, "'Freedom Just Around the Corner'：Rogue

Nation," *New York Times Book Review*, March 28, 2004; Thomas Bailey, *A Diplomatic History of the American People*(New York: Appleton-Century-Crofts, 1969).

10. 引自历史学家 Thomas Pakenham and David Edwards,转引自 Clifford Longley, "The Religious Roots of American Imperialism," *Global Dialogue* 5, nos.1—2(Winter/Spring 2003)。

11. Pier Francesco Asso 在"The 'Home Bias' Approach in the History of Economic Thought: Issues on Financial Globalization from Adam Smith to John Maynard Keynes"中引用,见 Jochen Lorentzen and Marcello de Cecco, eds., *Markets and Authorities: Global Finance and Human Choice*)(Cheltenham: Edward Elgar Publishing, 2002)。

12. "Iraq: Another Intifada in the Making" and "The Mood on the Iraqi Streets: Blood-ier and Sadder," *Economist*, April 15, 2004.

13. Walter Pincus, "Skepticism About U.S. Deep, Iraq Poll Shows: Motive for Invasion Is Focus of Doubts," *Washington Post*, November 12, 2003. Richard Burkholder, "Gallup Poll of Baghdad: Gauging U.S. Intent," October 28, 2003. 参考以下网址: www.gallup.com/poll/9595/gallup-poll-baghdad-gauging-us-intent.aspx。

14. Anton La Guardia, "Handover Still on Course as UN Waits for New Leader to Emerge,"*Daily Telegraph*, May 18, 2004.

15. Carla Anne Robbins, "Negroponte Has Tricky Mission: Modern Proconsul,"*Wall Street Journal*, April 27, 2004.

16. *Envi'o*(UCA, Jesuit University, Managua), November 2003.

17. Martha Crenshaw, "America at War,"*Current History*, December 2001.

18. 主要参考拙著 *Pirates and Emperors, Old and New: International Terrorism in the Real World*, updated ed.(Cambridge: South End Press, 2002)。(新版将于 2014 年由 Haymarket Books 出版。)如需回顾反恐战争的第一阶段,可参见 Alexander George, ed., *Western State Terrorism*(Cambridge: Polity/Blackwell, 1991)。

19. Stephen Zunes, "U.S. Policy towards Syria and the Triumph of Neoconservatism," *Middle East Policy* 11, no.1(Spring 2004).

20. 有关科索沃的独立国际委员会,参见 *The Kosovo Report: Conflict,*

International Response, *Lessons Learned*(Oxford: Oxford University Press, 2000)。

21. Goldstone, "Kosovo".

22. 相关信息,可参阅拙著 *New Military Humanism*。

23. 详情可参阅拙著 *A New Generation Draws the Line*。该书回顾了北约是如何迫不及待地推翻了自己发起的安理会决议的。Goldstone,"科索沃"("Kosovo"),承认该决议是一种妥协,但没有探讨这个问题,因为不会引发西方的兴趣。

24. 我所了解的唯一详尽的评论都在我的一些书中,在先前的两个注释中已经引用,英国议会后来的调查在我的《霸权或者生存》(*Hegemony or Survival*)一书中有了一些补充。

25. Nicholas J. Wheeler, *Saving Strangers*: *Humanitarian Intervention and International Society*(Oxford: Oxford University Press, 2000).

26. Carsten Stahn, "Enforcement of the Collective Will after Iraq," *American Journal of International Law* 97, no.4(Symposium, "Future Implications of the Iraq Conflict")(October 2003), pp.804—823. 更多有关这些问题的信息,包括 Michael Glennon 有影响力的观点和他对其他更多道德常理的否认,请参见 *Review of International Studies* 29, no.4 (October 2003)中,我的文章和其他几篇文章,以及我的 *Hegemony or Survival* 一书。

27. 参见 H. Bruce Franklin, *War Stars*: *The Super Weapon and the American Imagination*(Oxford: Oxford University Press, 1988)。

六 人的智慧与环境

1. Ernst Mayr, "Can SETI Succeed? Not Likely," *Bioastronomy News* 7, no.3(1995). Carl Sagan, "The Abundance of Life-Bearing Planets," *Bioastronomy News* 7, no.4 (1995). 另参见 Ernst Mayr, "Does It Pay to Acquire High Intelligence?" *Perspectives in Biology and Medicine*, no.37 (Spring 1994)。

2. United Nations Climate Change Conference, December 7—18, 2009, Copenhagen, Denmark.

3. George Monbiot, "If You Want to Know Who's to Blame for Copenhagen, Look to the US Senate," *Guardian*, December 21, 2009.

4. Edmund L. Andrews, "Greenspan Concedes Error on Regulation,"

New York Times, October 23, 2008, p.B1.

5. E. L. Doctorow, *Ragtime: A Novel*(New York: Random House, 1975).

6. 参见 Richard B. Du Boff, *Accumulation and Power: An Economic History of the United States*(Armonk, NY: M. E. Sharpe, 1989)。

7. "Exchange of Rail Know-How Between the United States and Spain," SpanishRailwayNews.com, December 7, 2011.

8. Leslie Kaufman, "Among Weathercasters, Doubt on Warming,"*New York Times*, March 29, 2010, p.A1.

9. David Chandler, "Climate Change Odds Much Worse than Thought,"*MIT News*, May 19, 2009. 另参见麻省理工学院全球变迁科学与政策合作项目的报告(http://globalchange.mit.edu)。

七　文明在真正现存的资本主义下能否生存

1. 参见 John Bellamy Foster and Robert W. McChesney, *The Endless Crisis: How Monopoly-Finance Capital Produces Stagnation and Upheaval from the U.S.A. to China*(New York: Monthly Review Press, 2012)。

2. Editors, "Why Should Taxpayers Give Big Banks ＄83 Billion a Year?" Bloomberg View, February 20, 2013. Citing Kenichi Ueda and Beatrice Weder di Mauro, "Quantifying Structural Subsidy Values for Systemically Important Financial Institutions," IMF Working Paper, WP/12/128(2012).

3. Martin Wolf, "Comment on Andrew G. Haldane, 'Control Rights (And Wrongs),'"Wincott Annual Memorial Lecture, October 24, 2011.

4. 其他一些著作, 可参见 Gar Alperovitz, *America beyond Capitalism: Reclaiming Our Wealth, Our Liberty, and Our Democracy*(Hoboken, NJ: Wiley, 2004)。

5. John Dewey, "Education vs. Trade-Training—Dr. Dewey's Reply," *New Republic* 3, no.28(1915), p.42.

6. 转引自 Westbrook, *John Dewey and American Democracy*, p.440。

7. Kelly Sims Gallagher, "Why and How Governments Support Renewable Energy,"*Daedalus* 142, no.1(Winter 2013), pp.59—77.

8. Jon A. Krosnick and Bo MacInnis, "Does the American Public

Support Legislation to Reduce Greenhouse Gas Emissions?" *Daedalus* 142, no.1(Winter 2013), pp.26—39.

9. Steve Horn, "Three States Pushing ALEC Bill to Require Teaching Climate Change Denial in Schools,"DeSmogBlog, January 31, 2013.

10. Bill Dedman, "Leaked: A Plan to Teach Climate Change Skepticism in Schools," NBC News, February 15, 2012. Brendan DeMelle, "Heartland Institute Exposed: Internal Documents Unmask Heart of Climate Denial Machine," DeSmogBlog, February 14, 2012.

11. Suzanne Goldenberg, "Secret Funding Helped Build Vast Network of Climate Denial Thinktanks," *Guardian*, February 14, 2013.

12. Grace Wyler, "Bobby Jindal: The GOP 'Must Stop Being The Stupid Party,'" *Business Insider*, January 25, 2013.

13. *Science*, January 18, 2013.

14. Richard A. Kerr, "Soot Is Warming the World Even More Than Thought," *Science*, January 25, 2013.

15. Dean Baker, *The Conservative Nanny State: How the Wealthy Use the Government to Stay Rich and Get Richer*(Washington, DC: Center for Economic and Policy Research, 2006).

Noam Chomsky

Masters of Mankind: Essays and Lectures, 1969-2013

Copyright © 2014，By NOAM CHOMSKY

This edition arranged with Roam Agency through BIG APPLE AGENCY, INC., LABUAN, MALAYSIA.

Simplified Chinese edition copyright:

2023 © SHANGHAI TRANSLATION PUBLISHING HOUSE(STPH)

All rights reserved.

图字：09-2018-1101 号

图书在版编目(CIP)数据

未经同意的同意/(美)诺姆·乔姆斯基
(Noam Chomsky)著；李钧鹏等译.—上海：上海译文
出版社，2023.5
(乔姆斯基作品系列)
书名原文：Masters of Mankind: Essays and
Lectures，1969-2013
ISBN 978-7-5327-9184-2

Ⅰ.①未… Ⅱ.①诺… ②李… Ⅲ.①演讲-美国-
现代-选集 Ⅳ.①I712.65

中国国家版本馆 CIP 数据核字(2023)第 071277 号

未经同意的同意： 随笔与讲演，1960—2013 Masters of Mankind： Essays and Lectures，1969-2013	Noam Chomsky [美]诺姆·乔姆斯基 著 李钧鹏 周文星 译 王人力 谢诗檀	出版统筹 赵武平 策划编辑 陈飞雪 责任编辑 李欣祯 陈飞雪 装帧设计 周安迪

上海译文出版社有限公司出版、发行
网址：www.yiwen.com.cn
201101 上海市闵行区号景路 159 弄 B 座
上海市崇明县裕安印刷厂印刷

开本890×1240 1/32 印张5.25 插页2 字数108,000
2023 年 10 月第 1 版 2023 年 10 月第 1 次印刷

ISBN 978-7-5327-9184-2/D·147
定价：63.00 元